TRANZLATY

La Langue est pour tout le Monde

언어는 모든 사람을 위한 것입니다

La Métamorphose

변신

Franz Kafka

프란츠 카프카

Français

한국어

www.tranzlaty.com

Première partie
파트 1

Gregor Samsa se réveilla un matin après des rêves agités.

그레고르 삼사는 어느 날 아침, 악몽 같은 꿈에서 깨어났다.

Il se retrouva dans son lit, incapable de bouger.

그는 침대에 누워 있었지만, 몸을 움직일 수 없었다.

Il avait été transformé en un monstre vermineux.

그는 끔찍한 벌레로 변해버렸다.

Il était allongé sur le dos, une carapace dure comme une armure.

그는 갑옷처럼 단단한 등에 누워 있었다.

En relevant légèrement la tête, il pouvait voir son ventre.

그는 고개를 살짝 들어 자신의 배를 볼 수 있었다.

Mais son ventre était bombé et divisé en segments.

그러나 그의 배는 둥글었고 여러 부분으로 나뉘어 있었다.

La couverture reposait sur son ventre arrondi.

담요가 그의 동그란 배 위에 놓여 있었다.

Mais la couverture était sur le point de glisser complètement.

하지만 담요는 거의 완전히 미끄러져 내려갈 뻔했다.

Ses jambes étaient pitoyables comparées à leur taille habituelle.

그의 다리는 평소 크기에 비해 너무 가늘었다.

Et ses nombreuses pattes s'agitaient impuissantes devant ses yeux.

그리고 그의 수많은 다리가 그의 눈앞에서 무력하게 깜빡거렸다.

« Que m'est-il arrivé ? » se demanda-t-il.

"나에게 무슨 일이 일어난 거지?" 그는 속으로 생각했다.

Mais ce n'était pas un rêve dont il ne pouvait se réveiller.

하지만 그것은 그가 깨어날 수 없는 꿈이 아니었다.

Il se trouvait bel et bien dans sa propre chambre.

그가 있는 곳은 정말로 그의 방이었다.

Une vraie chambre pour des humains, mais un peu trop petite.

사람이 살기에 충분한 공간이지만, 크기가 조금 작다.

Il gisait tranquillement entre les quatre murs bien connus.

그는 네 개의 잘 알려진 벽 사이에 조용히 누워 있었다.

Sur la table se trouvait une collection d'échantillons de textiles.

테이블 위에는 다양한 직물 샘플들이 놓여 있었다.

Samsa était un vendeur ambulant, d'où les échantillons.

삼사는 순회 판매원이었기 때문에 샘플을 가지고 다녔던 것입니다.

Au-dessus des échantillons de textile désassemblés se trouvait une image.

분해된 직물 샘플 위에는 사진 한 장이 있었다.

Il avait récemment découpé la photo dans un magazine.

그는 최근에 잡지에서 그 사진을 오려냈다.

Il avait placé le tableau dans un joli cadre doré.

그는 그 그림을 예쁘고 금박을 입힌 액자에 넣어 두었다.

Le tableau encadré représentait une dame assise bien droite.

액자에 담긴 그림 속에는 똑바로 앉아 있는 여인의 모습이 그려져 있었다.

Elle portait un chapeau de fourrure et un manchon de fourrure.

그녀는 털모자를 쓰고 있었고, 털 목도리를 하고 있었다.

Elle levait la main en direction du spectateur.

그녀는 사진을 보는 사람을 향해 손을 들어 올리고 있었다.

Son avant-bras entier disparaissait dans son épais manchon de fourrure.

그녀의 팔뚝 전체가 두꺼운 털 토시 속에 파묻혔다.

Gregor regarda par la fenêtre le temps maussade.

그레고르는 창밖으로 흐린 날씨를 바라보았다.

On pouvait entendre les grosses gouttes de pluie frapper la fenêtre.

창문에 떨어지는 굵은 빗방울 소리가 들렸다.

Le temps gris le rendait très mélancolique.

흐린 날씨 때문에 그는 몹시 우울해졌다.

« Et si je dormais un peu plus longtemps ? » pensa-t-il.

"좀 더 자볼까?" 그는 생각했다.

« Dormir davantage m'aiderait peut-être à oublier ces bêtises. »

"잠을 더 자면 이 말도 안 되는 소리를 잊을 수 있을지도 몰라."

Mais dormir plus longtemps était totalement impossible.

하지만 더 이상 자는 것은 도저히 불가능했다.

Parce qu'il avait l'habitude de dormir sur le côté droit.

그는 오른쪽으로 누워 자는 것에 익숙했기 때문입니다.

Mais son état actuel l'empêchait d'effectuer ses mouvements habituels.

하지만 그의 현재 상태로는 평소처럼 움직일 수 없었다.

Il n'avait aucun moyen de se retrouver dans cette situation.

그는 이런 상황에 처할 만한 어떤 이유도 없었다.

Il fit de son mieux pour se jeter sur son côté droit.

그는 최대한 오른쪽으로 몸을 돌리려고 애썼다.

Il a probablement tenté ce mouvement une centaine de fois.

그는 아마 이 동작을 백 번도 넘게 시도했을 것이다.

Mais il revenait toujours en position couchée sur le dos.

하지만 그는 항상 다시 누운 자세로 돌아갔다.

Il ferma les yeux pour ne pas voir ses jambes qui s'agitaient.

그는 꼼지락거리는 다리를 보지 않으려고 눈을 감았다.

Finalement, la douleur l'a empêché de réessayer.

결국 그는 고통 때문에 다시 시도하는 것을 포기했다.

Une douleur sourde au flanc qu'il n'avait jamais ressentie auparavant.

그는 전에 느껴본 적 없는 둔한 옆구리 통증을 느꼈다.

« Oh mon Dieu », pensa désespérément Gregor Samsa.

"맙소사," 그레고르 삼사는 절망적으로 속으로 생각했다.

« Quel métier pénible j'ai choisi ! »

"내가 얼마나 힘든 직업을 선택했는지!"

« Je dois voyager tous les jours pour le travail. »

"저는 매일같이 업무 때문에 여기저기 다녀야 해요."

« Le travail de bureau est beaucoup plus facile que le travail sur la route. »

"사무실 근무가 출장 근무보다 훨씬 편하다."

« Et j'ai la malédiction de devoir voyager constamment. »

"그리고 저는 여기저기 여행을 다녀야 하는 저주에 걸렸어요."

« Toutes ces inquiétudes liées au fait d'être à l'heure pour les trains. »

"기차 시간에 맞춰 가야 한다는 걱정이 너무 많아요."

« Mes horaires de repas sont irréguliers et la nourriture est mauvaise. »

"식사 시간이 불규칙적이고, 음식 맛도 없어요."

« Mes amis changent constamment de ville. »

"제 친구들은 항상 도시를 옮겨 다니며 살아요."

« Mes interactions sont froides et professionnelles. »

"제가 겪는 상호작용은 차갑고 전문적입니다."

«Que le diable s'amuse avec ce genre de travail !»

"이런 일은 악마나 즐겁게 하도록 내버려 두자!"

Il ressentit une légère démangeaison en haut de l'estomac.

그는 배 윗부분이 약간 가려운 것을 느꼈다.

Il s'appuya contre le montant du lit, le dos contre le sol.

그는 등을 침대 기둥에 바짝 기대었다.

Il voulait pouvoir mieux lever la tête.

그는 고개를 더 잘 들 수 있기를 바랐다.

Il a trouvé l'endroit qui le démangeait.

그는 자신을 괴롭히던 가려운 부위를 발견했다.

Sa tête semblait recouverte de petits points blancs.

그의 머리는 마치 작은 흰 점들로 뒤덮인 것처럼 보였다.

Il ne pouvait pas dire ce que représentaient ces petits points blancs.

저 작은 흰 점들이 무엇인지 그는 알 수 없었다.

Il avait prévu de toucher l'endroit avec une de ses jambes.

그는 다리 하나로 그 지점을 건드릴 계획이었다.

Mais lorsqu'il toucha l'endroit, il ressentit un étrange frisson.

하지만 그가 그 부분을 만지자 이상한 한기가 느껴졌다.

Il a donc immédiatement retiré sa jambe.

그래서 그는 즉시 그 자리에서 다리를 떼었다.

Il n'avait d'autre choix que d'accepter cette sensation de démangeaison.

그는 가려운 느낌을 받아들일 수밖에 없었다.

Et il reprit sa position initiale dans le lit.

그리고 그는 침대에서 이전 자세로 돌아갔다.

«Se réveiller si tôt rend vraiment stupide.»

"이렇게 일찍 일어나면 정말 머리가 멍해져요."

« Un homme doit dormir suffisamment », pensa-t-il.

"사람은 충분한 잠을 자야 한다." 그는 속으로 생각했다.

« Les autres représentants de commerce mènent une vie de luxe. »

"다른 순회 판매원들은 호화로운 생활을 누리고 있어요."

« Le matin, je transfère les ordres que j'ai reçus. »

"아침에 제가 받은 주문들을 이체합니다."

« Pendant ce temps, ces messieurs prennent encore leur petit-déjeuner. »

"그나저나 저분들은 아직도 아침 식사를 하고 계시네요."

« Imaginez un peu si j'essayais de faire ça avec mon patron. »

"내가 상사한테 그런 짓을 했다고 생각해 봐."

«Il me licenciait avant même que j'aie fini mon petit-déjeuner.»

"그는 내가 아침 식사를 마치기도 전에 나를 해고하곤 했어요."

« Mais ce ne serait peut-être pas le pire non plus. »

"하지만 어쩌면 그것도 최악의 상황은 아닐지도 몰라요."

«Le problème, c'est que mes parents me freinent.»

"문제는 부모님이 제 발목을 잡고 있다는 거예요."

« Sans eux, j'aurais déjà démissionné. »

"그들이 아니었으면 저는 벌써 사임했을 겁니다."

« J'aurais tenu tête au patron et je lui aurais dit. »

"나라면 상사에게 맞서서 말했을 거예요."

« Je dirais exactement ce que je pense de lui et de son travail. »

"저는 그와 그 일에 대해 제가 생각하는 바를 솔직하게 말할 것입니다."

« Il tomberait de son bureau si je lui racontais tout ! »

"내가 그에게 모든 걸 말하면 그는 책상에서 떨어질 거야!"

« Sa façon de s'asseoir à son bureau est très étrange. »

"그가 책상에 앉아 있는 모습이 참 이상하네요."

« Sa façon de parler à ses subordonnés n'est pas correcte. »

"그가 부하 직원들에게 말하는 방식은 옳지 않다."

« Et le pire, c'est que son ouïe est très mauvaise. »

"그리고 가장 안타까운 점은 그의 청력이 너무 나쁘다는 것입니다."

«Vous n'avez donc pas d'autre choix que de vous asseoir très près de lui.»

"그러니 당신은 그와 아주 가까이 앉을 수밖에 없군요."

« Cela dit, l'espoir n'est pas encore totalement perdu. »

"하지만 그렇다고 해서 희망이 완전히 사라진 것은 아닙니다."

« Je vais économiser cet argent pour rembourser les dettes de mes parents. »

"부모님의 빚을 갚기 위해 돈을 모을 거예요."

« Je ne peux rien faire tant qu'ils lui doivent de l'argent. »

"그들이 그에게 돈을 갚을 때까지는 제가 할 수 있는 일이

아무것도 없어요."

« Mais une fois la dette remboursée, je le ferai sans aucun
doute. »

"하지만 빚을 갚고 나면 반드시 그렇게 하겠습니다."

« Cela prendra probablement encore cinq à six ans. »

"아마 5년에서 6년은 더 걸릴 겁니다."

« Oui, alors la grande séparation aura certainement lieu. »

"네, 그렇다면 확실히 큰 차이가 생길 겁니다."

« Pour le moment, je dois me lever. »

"하지만 당분간은 침대에서 일어나야겠어요."

« Parce que mon train part à cinq heures. »

"제 기차가 5시에 출발하거든요."

Gregor regarda le réveil qui tic-tac sur la table.

그레고르는 탁자 위에서 째깍거리는 알람시계를 바라보았다.

« Père céleste ! » pensa-t-il en regardant l'heure.

그는 시간을 확인하고는 "하늘 아버지!"라고 생각했다.

Six heures et demie étaient déjà passées sans qu'on s'en
aperçoive.

6시 30분은 이미 조용히 지나가 버렸다.

Et les aiguilles de l'horloge continuaient d'avancer d'elles-
mêmes.

그리고 시계 바늘은 계속해서 앞으로 나아갔다.

Et il était presque sept heures quarante-cinq.

이제 시간은 7시 15분 전이 되어가고 있었다.

« Peut-être que le réveil n'a pas sonné ? » pensa-t-il.

"아마도 알람이 울리지 않아서 깨지 못한 걸지도 몰라." 그는

생각했다.

Depuis son lit, Gregor inspecta le réveil.

그레고르는 침대에서 알람시계를 살펴보았다.

Le réveil était correctement réglé sur quatre heures.

알람시계는 4시에 정확히 맞춰져 있었다.

Il ne pouvait pas l'expliquer, mais l'alarme avait dû sonner.

그는 설명할 수 없었지만, 경보가 울렸던 것은 분명했다.

« Comment ai-je pu dormir sans m'en rendre compte après avoir entendu le réveil ? »

"내가 어떻게 알람 소리를 못 듣고 잤지?"

Quand elle sonne, l'alarme fait même trembler les meubles.

경보기가 울리면 가구까지 흔들릴 정도다.

Il savait que son sommeil n'avait pas été du tout paisible.

그는 자신의 잠이 전혀 편안하지 않았다는 것을 알고 있었다.

Mais c'est peut-être pour cela que son sommeil était beaucoup plus profond.

하지만 어쩌면 그것이 그의 잠이 훨씬 더 깊었던 이유였을지도 모릅니다.

Il devait réfléchir à ce qu'il devait faire maintenant.

그는 이제 무엇을 해야 할지 생각해야 했다.

Le train suivant ne partait qu'à sept heures.

다음 기차는 7시에나 출발했다.

Prendre ce train serait quasiment impossible.

그 기차를 타는 건 거의 불가능할 거예요.

Et il n'avait pas encore emporté les textiles dont il avait besoin.

그리고 그는 아직 필요한 직물을 챙기지 못했다.

Il ne se sentait pas particulièrement frais et agile non plus.

그는 몸 상태가 특별히 개운하거나 민첩하다고 느끼지 못했다.

Il y avait peut-être une chance de monter dans le train.

어쩌면 기차에 탈 기회가 있을지도 몰라.

Mais une réprimande du patron était inévitable de toute façon.

하지만 어떤 선택을 하든 상사에게 꾸중을 듣는 건 피할 수
없었다.

Le commis aurait pris le train de cinq heures.

점원은 5시 기차를 탔을 것이다.

**Le commis de bureau était une créature sans envergure, à la
solde du patron.**

그 사무직원은 사장에게 조종당하는 나약한 존재였다.

L'absence de Gregor aurait donc déjà été signalée.

그러므로 그레고르의 부재는 이미 보고되었을 것이다.

« Et si je me faisais porter malade ? » se demandait Gregor.

"내가 병가를 내면 어떨까?" 그레고르는 생각에 잠겼다.

Mais ce serait extrêmement embarrassant et suspect.

하지만 그렇게 되면 굉장히 당황스럽고 의심스러울 겁니다.

**Gregor n'avait jamais été malade pendant la période où il
avait travaillé là-bas.**

그레고르는 그곳에서 일하는 동안 한 번도 아픈 적이 없었다.

Et il leur avait déjà consacré cinq années de service.

그리고 그는 이미 그들에게 5년의 복무 기간을 부여했다.

**Il y avait de fortes chances que le patron vienne prendre de
ses nouvelles.**

사장님이 그를 확인하러 올 가능성이 높았다.

**Il amènerait probablement le médecin de l'assurance
maladie.**

그는 아마 건강보험 담당 의사를 데려올 겁니다.

Et il blâmait les parents pour la paresse de leur fils.

그리고 그는 게으른 아들을 부모 탓으로 돌릴 것이다.

Ils ne pourraient formuler aucune objection à son égard.

그들은 그에게 아무런 이의도 제기할 수 없을 것이다.

Car pour lui, il n'y avait que deux sortes de travailleurs.

그에게는 노동자의 종류가 두 종류밖에 없었기 때문이다.

**Soit les ouvriers étaient en parfaite santé, soit ils
rechignaient à travailler.**

노동자들은 완전히 건강하거나, 아니면 일하기 싫어하는 사람들뿐이었다.

Et aurait-il même tort dans cette analyse de base ?

그렇다면 그의 그러한 기본적인 분석이 틀린 것일까요?

Assurément, dans ce cas précis, son argument était solide.

확실히, 이 경우에는 그의 주장이 타당했습니다.

Malgré son apparence, Gregor se sentait en réalité plutôt bien.

겉모습과는 달리 그레고르는 실제로 몸 상태가 꽤 좋았습니다.

Ce long sommeil inutile l'avait rendu un peu somnolent.

불필요하게 긴 잠을 잔 탓에 그는 약간 졸렸다.

Mais à part ça, il ne pouvait pas se plaindre de maladie.

하지만 그 외에는 그는 병에 대해 불평할 거리가 없었다.

Il ressentait même une faim particulièrement forte et saine.

그는 심지어 특별히 강렬하고 건강한 허기를 느꼈다.

Tandis qu'il nourrissait ces pensées, l'horloge sonna de nouveau.

그가 이런저런 생각을 하는 동안 시계는 다시 한번 시간을 알렸다.

Selon l'alarme, il était alors sept heures moins le quart.

알람에 따르면 지금은 7시 15분 전이었다.

Et maintenant, on frappa doucement à la porte.

그리고 그때 문을 두드리는 소리가 들렸다.

« Gregor », l'appela quelqu'un – c'était sa mère.

"그레고르," 누군가 그를 불렀다. 어머니였다.

« Il est sept heures moins le quart », a-t-elle confirmé en entendant l'alarme.

"7시 15분 전이에요." 그녀는 경보음을 확인시켜 주었다.

« Tu ne voulais pas partir ? » demanda la douce voix.

"떠나고 싶지 않았나요?" 부드러운 목소리가 물었다.

Gregor eut peur en entendant sa voix répondre.

그레고르는 그의 목소리가 대답하는 것을 듣고 겁에 질렸다.

Sa voix était toujours la même.

그 목소리는 여전히 그가 늘 가지고 있던 목소리였다.

Mais une nouvelle sonorité s'était désormais mêlée à sa voix.

하지만 이제 그의 목소리에는 새로운 음색이 섞여 있었다.

Un couinement douloureux s'échappa également du plus profond de lui.

그의 마음속 깊은 곳에서 고통스러운 비명이 터져 나왔다.

Au début, sa voix semblait former des mots avec clarté.

처음에는 그의 목소리가 또렷하게 들리는 듯했다.

Mais alors, Gregor entendit l'écho mental de sa voix.

하지만 그때 그레고르는 자신의 목소리가 마음속에서 메아리치는 것을 들었다.

L'enregistrement de sa voix s'est interrompu de façon étrange.

그의 목소리 녹음이 이상하게 끊겼다.

Et il n'était pas sûr d'avoir bien entendu.

그는 자신이 제대로 들은 건지 확신하지 못했다.

Gregor éprouvait un profond désir de donner une réponse détaillée.

그레고르는 자세한 답변을 해주고 싶은 강한 욕구를 느꼈다.

Il voulait tout expliquer clairement à sa mère.

그는 어머니께 모든 것을 명확하게 설명하고 싶었다.

Mais, compte tenu des circonstances, il devait se limiter.

하지만 상황을 고려했을 때, 그는 스스로를 자제해야 했다.

Et sa réponse fut beaucoup plus brève qu'il ne l'aurait souhaité.

그리고 그는 자신이 원했던 것보다 훨씬 짧게 대답했습니다.

"Oui maman, ne t'inquiète pas, merci, je suis déjà levée."

"네, 어머니, 걱정 마세요, 감사합니다. 벌써 일어났어요."

La porte en bois a probablement contribué à étouffer sa voix.

나무 문이 그의 목소리를 줄이는 데 도움이 되었을 것이다.

À l'extérieur, le changement dans la voix de Gregor est resté inaperçu.

밖에서는 그레고르의 목소리 변화를 아무도 알아채지 못했다.

La mère semblait satisfaite de son explication.

어머니는 그의 설명에 만족한 듯 보였다.

Et elle repartit aussi discrètement qu'elle était venue.

그리고 그녀는 왔던 것처럼 조용히 다시 떠났다.

Mais cette petite conversation a eu un effet indésirable.

하지만 그 짧은 대화는 원치 않는 결과를 낳았습니다.

Il a attiré l'attention des autres membres de la famille.

그는 다른 가족 구성원들의 관심을 끌었다.

Gregor était toujours chez lui et n'était pas allé travailler.

그레고르는 아직 집에 있었고 출근하지 않았다.

Et maintenant, le père frappa lui aussi à la porte de côté.

그러자 아버지도 옆문을 두드렸다.

Il frappa faiblement, mais avec détermination, du poing.

그는 약하지만 단호한 표정으로 주먹을 쾅쾅 두드렸다.

« Gregor, Gregor », appela-t-il, « quel est le problème ? »

"그레고르, 그레고르," 그가 불렀다. "무슨 문제야?"

Au bout d'un moment, il avertit de nouveau d'une voix plus grave.

잠시 후 그는 더 낮은 목소리로 다시 경고했다.

Mais la sœur frappa alors à la porte de l'autre côté.

그런데 반대편 문에서 여동생이 노크를 했다.

« Gregor ? Tu ne te sens pas bien ? » demanda-t-elle doucement.

"그레고르? 몸이 안 좋으세요?" 그녀가 조용히 물었다.

« Avez-vous besoin de quelque chose ? » demanda-t-elle, inquiète.

"필요한 거 있으세요?" 그녀는 걱정스러운 표정으로 물었다.

Gregor a répondu aux deux parties : « J'ai déjà terminé. »

그레고르는 양쪽 모두에게 "나는 이미 끝났습니다."라고 대답했다.

Il avait fait de son mieux pour prononcer tous les mots avec soin.

그는 모든 단어를 신중하게 발음하려고 최선을 다했다.

Et il a gommé tout ce qui était ostentatoire dans sa voix.

그리고 그는 목소리에서 눈에 띄는 모든 것을 없앴다.

Le père semblait également satisfait de la réponse.

아버지도 그 대답에 만족하는 듯 보였다.

Et il retourna à son petit-déjeuner inachevé.

그리고 그는 먹다 만 아침 식사를 다시 시작했다.

Mais la sœur murmura : « Gregor, ouvre la bouche, je t'en supplie. »

하지만 여동생은 "그레고르, 제발 문 좀 열어줘."라고 속삭였다.

Mais son inquiétude à son égard ne parvenait en rien à l'émouvoir.

하지만 그녀의 걱정은 그에게 아무런 감흥도 주지 못했다.

Gregor n'avait aucune intention de lui ouvrir la porte.

그레고르는 그녀를 위해 문을 열어줄 생각이 전혀 없었다.

Ses voyages lui avaient permis d'acquérir certaines habitudes de prudence.

그는 여행을 통해 조심스러운 습관들을 몇 가지 갖게 되었다.

Et il se félicita d'avoir verrouillé les portes.

그리고 그는 문을 잠근 것을 스스로 칭찬했다.

Il voulait d'abord se lever tranquillement, à son propre rythme.

우선 그는 조용히 자기 시간에 일어나고 싶어 했다.

Et, sans être dérangé, il voulut s'habiller.

그리고 그는 방해받지 않고 옷을 입고 싶어 했다.

Cela étant fait, il voulut ensuite prendre son petit-déjeuner.

그 목표를 달성한 후, 그는 아침 식사를 하고 싶어했습니다.

Ce n'est qu'alors qu'il a souhaité examiner la situation plus en détail.

그러고 나서야 그는 상황을 좀 더 고려해 보고 싶어 했다.

Il savait qu'il était inutile de faire des projets au lit.

그는 침대에서 계획을 세워봤자 소용없다는 것을 알고 있었다.

Il serait impossible de parvenir à une conclusion sensée.

합리적인 결론에 도달하는 것은 불가능할 것이다.

Il lui était déjà arrivé de se réveiller avec de légères douleurs.

그는 이전에도 약간의 통증을 느끼며 잠에서 깬 적이 있었다.

Ces douleurs se sont toujours révélées être de pures inventions de l'imagination.

이러한 고통은 언제나 순전히 상상에 불과했던 것으로

밝혀졌습니다.

En me levant du lit, la douleur disparaissait invariablement.

침대에서 일어나면 통증이 어김없이 사라졌다.

Il était curieux de voir ce qu'il adviendrait de ces idées.

그는 이러한 아이디어들이 어떻게 될지 궁금했다.

Le changement de sa voix était probablement dû à un rhume.

목소리가 변한 건 아마 감기 때문이었을 거야.

Le rhume est un risque professionnel courant pour les voyageurs.

감기는 여행자에게 흔히 발생하는 직업병일 뿐입니다.

Il ne doutait pas que c'était l'explication logique.

그는 그것이 논리적인 설명이라는 데 의심의 여지가 없었다.

Il s'est facilement dégagé de la couverture.

그는 쉽게 담요를 벗어낼 수 있었다.

Il lui suffisait d'inspirer et de se gonfler.

그가 해야 할 일은 숨을 들이쉬고 몸을 부풀리는 것뿐이었다.

La couverture glissa de son corps et tomba sur le sol.

담요가 그의 몸에서 미끄러져 바닥으로 떨어졌다.

Son corps incroyablement large rendait d'autres choses difficiles.

그의 엄청나게 큰 몸집은 다른 여러 가지 어려움을 야기했다.

Il aurait eu besoin de bras et de mains pour se tenir debout.

그가 일어서려면 팔과 손이 필요했을 것이다.

Mais il n'avait plus les membres qu'il avait autrefois.

하지만 그는 예전처럼 팔다리가 멀쩡하지 않았다.

Au lieu de bras et de mains, il avait plein de petites jambes.

그는 팔과 손 대신 수많은 작은 다리를 가지고 있었다.

Et ses jambes bougeaient sans cesse, sans qu'il puisse les contrôler.

그리고 그의 다리는 그의 의지와 상관없이 끊임없이 움직였다.

Il a essayé de plier une jambe, mais au lieu de cela, elle s'est étirée.

그는 한쪽 다리를 구부리려고 했지만, 오히려 다리가 쭉 펴졌다.

Il parvint finalement à contrôler une jambe.

그는 마침내 한쪽 다리를 제어하는 데 성공했다.

Mais ensuite, le mouvement des autres pattes a été libéré.

하지만 그때 나머지 다리의 움직임이 자유로워졌습니다.

Et toutes ses jambes frémissaient d'excitation extrême.

그리고 그는 극도로 흥분하여 온몸의 다리가 움찔거렸다.

Il a d'abord voulu sortir le bas de son corps du lit.

그는 먼저 하반신을 침대에서 꺼내고 싶어했다.

Mais il n'avait pas encore vu le bas de son corps.

하지만 그는 아직 자신의 하반신을 제대로 보지 못했다.

Et de toute façon, déplacer cette pièce s'est avéré trop difficile.

게다가 이 부분을 옮기는 건 어쨌든 너무 어려웠습니다.

Finalement, de toutes ses forces, il fit un geste audacieux.

마침내 그는 온 힘을 다해 무모한 움직임을 보였다.

Sans plus hésiter, il s'avança.

그는 더 이상 망설이지 않고 앞으로 나섰다.

Mais il avait choisi la mauvaise direction.

하지만 그는 잘못된 방향을 선택했다.

Il s'est violemment cogné le corps contre le montant inférieur du lit.

그는 침대 기둥 아래쪽에 몸을 violently하게 부딪쳤다.

La douleur brûlante qu'il ressentait lui a appris une précieuse leçon.

그가 느낀 극심한 고통은 그에게 값진 교훈을 가르쳐주었다.

La partie inférieure de son corps était peut-être plus sensible.

그의 하반신이 더 민감했을지도 모른다.

Il a donc commencé par sortir le haut de son corps du lit.

그래서 그는 먼저 상체를 침대에서 꺼내려고 했다.

Il tourna prudemment la tête dans la bonne direction.

그는 조심스럽게 고개를 올바른 방향으로 돌렸다.

Et bientôt, sa tête se retrouva face au bord du lit.

곧 그의 머리는 침대 가장자리를 향하게 되었다.

Ce mouvement prudent lui était en réalité facile.

그에게 있어 이러한 신중한 움직임은 사실 쉬운 일이었다.

Et sa largeur et son poids ne l'empêchaient pas de se déplacer.

그의 덩치와 몸무게는 그의 움직임을 막지 못했습니다.

La masse de son corps suivit lentement le mouvement de sa tête.

그의 몸무게는 머리가 돌아가는 것을 천천히 따라갔다.

Mais ensuite, il a passé la tête au-dessus du bord du lit.

그런데 그는 갑자기 침대 가장자리에 머리를 걸쳤다.

Et il dut faire face à une nouvelle peur à laquelle il n'avait pas encore pensé.

그리고 그는 지금까지 생각해 본 적 없는 새로운 두려움에 직면하게 되었다.

Poursuivre dans cette voie pourrait s'avérer dangereux.

이런 식으로 더 나아가는 것은 위험할 수 있습니다.

Il pensait qu'il allait simplement se laisser tomber.

그는 그냥 스스로 무너져 내리도록 내버려 둘 생각이었다고 했다.

Mais ce serait un miracle s'il ne s'était pas blessé à la tête.

하지만 그가 머리를 다치지 않는다면 기적일 것이다.

Ce n'était pas le moment de risquer de perdre connaissance.

지금은 의식을 잃을 위험을 감수할 때가 아니었다.

Finalement, il vaudrait peut-être mieux rester au lit.

어쩌면 그냥 침대에 누워 있는 게 나을지도 모르겠다.

Mais il devait ensuite faire le même effort pour revenir.

하지만 그는 돌아오기 위해서도 똑같은 노력을 기울여야 했다.

Après tous ces efforts, il était allongé là, exactement comme avant.

그 모든 노력에도 불구하고 그는 이전과 마찬가지로 그 자리에 누워 있었다.

Et maintenant, ses jambes semblaient encore plus en colère qu'elles ne l'avaient été.

그리고 이제 그의 다리는 이전보다 훨씬 더 화가 난 것처럼 보였다.

Les mouvements de sa jambe étaient devenus encore plus incontrôlables.

그의 다리 움직임은 더욱 제어할 수 없게 되었다.

Il ne voyait aucun moyen de sortir de la situation dans laquelle il se trouvait.

그는 자신이 처한 상황에서 벗어날 방법이 없다고 생각했다.

Il était impossible de faire émerger la paix et l'ordre de ce chaos.

이러한 혼돈 속에서 평화와 질서를 이끌어낼 수는 없었다.

Mais il savait que rester au lit n'était pas une option non plus.

하지만 그는 침대에 계속 누워 있는 것도 선택지가 아니라는 것을
알고 있었다.

Tout sacrifier était l'option la plus sensée.

모든 것을 희생하는 것이 가장 현명한 선택이었다.

Il s'accrochait au moindre espoir de pouvoir se lever.

그는 침대에서 일어날 수 있을지도 모른다는 아주 작은

희망이라도 놓지 않았다.

S'il y parvenait, tous les risques en auraient valu la peine.

그가 이것을 해낸다면, 모든 위험은 감수할 만한 가치가 있었을

것이다.

Mais il se souvenait aussi d'autre chose en même temps.

하지만 그는 동시에 다른 무언가도 기억해냈다.

**« Mieux vaut réfléchir sereinement que de prendre des
décisions désespérées. »**

"절박한 결정보다는 차분한 숙고가 낫다."

Il concentra tous ses efforts sur la fenêtre.

그는 온 힘을 다해 창문에 시선을 집중했다.

Mais ce qu'il vit ne lui insuffla guère de confiance ni de joie.

하지만 그가 목격한 것은 별다른 희망이나 기쁨을 주지 못했다.

La brume matinale enveloppait toute la rue étroite.

아침 안개가 좁은 거리 전체를 뒤덮었다.

Le réveil sonna à nouveau ; il était maintenant sept heures.

알람시계가 다시 울렸다. 이제 7시였다.

« Il est déjà sept heures et il y a encore un épais brouillard. »

"벌써 7시인데 아직도 안개가 너무 심하네요."

Il resta un moment allongé, immobile, respirant faiblement.

그는 한동안 조용히 누워 희미하게 숨을 쉬었다.

**Un peu de calme permettrait peut-être de retrouver une
certaine normalité.**

어쩌면 약간의 고요함이 상황을 정상으로 되돌려 놓을지도 모릅니다.

Un silence complet pourrait engendrer les conditions réelles.

완전한 침묵이야말로 진정한 상황을 만들어낼 수 있다.

Mais avant que l'horloge ne sonne à nouveau, il rompit le silence.

하지만 시계가 다시 울리기 전에 그는 침묵을 깼다.

«Avant que l'horloge ne sonne à nouveau, je dois être levé.»

"시계가 다시 울리기 전에 침대에서 일어나야 해."

« Je dois absolument être complètement levé à ce moment-là. »

"그때까지는 반드시 완전히 침대에서 일어나 있어야 해요."

« Après 19h15, le bureau enverra quelqu'un. »

"7시 15분 이후에는 사무실에서 누군가를 보낼 것입니다."

"Parce que le bureau ouvrait avant sept heures."

"사무실이 7시 전에 문을 열었기 때문입니다."

Et il commença alors à se balancer hors du lit.

그러자 그는 몸을 흔들며 침대에서 일어나기 시작했다.

Il avait cessé de se concentrer sur le haut ou le bas de son corps.

그는 상체나 하체 중 어느 한쪽에 집중하는 것을 포기했다.

Il fallut sortir tout son corps du lit.

그는 몸 전체를 침대에서 빼내야 했다.

Tomber de cette façon devrait protéger sa tête, pensa-t-il.

이렇게 떨어지면 머리는 보호될 거라고 그는 생각했다.

Il avait prévu de relever la tête lorsqu'il toucherait le sol.

그는 땅에 떨어질 때 고개를 들 계획이었다.

Son dos semblait suffisamment robuste pour encaisser le choc.

그의 뒷몸은 충격을 견딜 만큼 단단해 보였다.

Et le tapis était là pour amortir l'atterrissage.

그리고 카펫은 착지 충격을 완화하기 위해 깔려 있었습니다.

Ce qui le préoccupait le plus, cependant, c'était le bruit assourdissant.

하지만 그의 가장 큰 걱정거리는 시끄러운 소음이었다.

Le bruit fracassant effrayerait tous les occupants de la maison.

굉음은 집 안에 있는 모든 사람을 놀라게 할 것이다.

Peut-être que le bruit fort ne les terrifierait pas.

어쩌면 그들은 시끄러운 소음을 두려워하지 않을지도 모릅니다.

Mais ils seraient certainement inquiets s'ils l'apprenaient.

하지만 그들이 이 소식을 듣게 된다면 분명 걱정할 것이다.

Mais il fallait prendre le risque d'attirer l'attention.

하지만 관심을 끌 위험을 감수해야 했다.

La nouvelle méthode s'apparentait davantage à un jeu qu'à un effort.

새로운 방식은 노력이라기보다는 게임에 가까웠다.

Il devait balancer son corps par mouvements brusques et saccadés.

그는 갑작스럽고 jerky한 움직임으로 몸을 흔들어야 했다.

Gregor était déjà à moitié sorti du lit.

그레고르는 이미 침대에서 반쯤 내려와 있었다.

Une nouvelle idée venait de lui traverser l'esprit.

그때 문득 새로운 생각이 떠올랐다.

« Tout serait si facile si quelqu'un venait à mon secours. »

"누군가 나를 도와준다면 모든 게 아주 쉬울 텐데."

« Deux personnes fortes suffiraient amplement. »

"두 명의 건장한 사람이면 충분할 겁니다."

Son père et la servante seraient assez forts.

그의 아버지와 하녀는 충분히 강할 것이다.

Il leur suffirait de glisser leurs bras sous son dos.

그들은 그의 등 아래로 팔을 집어넣기만 하면 될 것이다.

Et ensuite, ils pourraient facilement le sortir du lit.

그러면 그들은 그를 침대에서 쉽게 끌어낼 수 있을 것이다.

Peut-être auraient-ils dû réduire son poids progressivement.

아마도 그들은 그의 체중을 서서히 줄여야 했을 것입니다.

Alors, espérons-le, les jambes auraient trouvé leur utilité.

그러면 다리가 제 역할을 찾았기를 바랍니다.

« Ne serait-il pas préférable, après tout, de demander de l'aide ? »

"도움을 요청하는 게 더 낫지 않을까요?"

Le problème, bien sûr, c'est qu'il avait verrouillé les portes.

물론 문제는 그가 문을 잠갔다는 것이었다.

Il y avait quelque chose dans cette idée qui le chatouillait.

그 생각에는 왠지 모르게 그의 흥미를 자극하는 부분이 있었다.

Et malgré ses difficultés, il ne put réprimer un sourire.

그는 어려운 상황 속에서도 미소를 참을 수 없었다.

Il était déjà sur le point de perdre l'équilibre.

그는 이미 균형을 잃을 뻔했다.

Chaque balancement le rapprochait un peu plus du moment où il basculerait du lit.

그네를 탈 때마다 그는 침대에서 떨어질 위험에 점점 더 가까워졌다.

Il allait bientôt devoir prendre la décision finale.

곧 그는 최종 결정을 내려야 할 순간이 왔다.

Dans cinq minutes, il serait sept heures et quart.

5분 후면 7시 15분이 될 예정이었다.

Tandis qu'il était plongé dans ces pensées, la sonnette retentit.

그가 이런 생각에 잠겨 있는 동안, 벨이 울렸다.

« C'est quelqu'un du bureau », se dit-il.

"저 사람은 회사 동료잖아." 그는 속으로 생각했다.

Et il fut presque paralysé de peur à cause du visiteur.

그는 그 방문객 때문에 두려움에 얼어붙을 뻔했다.

Ses jambes s'agitaient encore plus sauvagement qu'auparavant.

그의 다리는 이전보다 훨씬 더 격렬하게 움직였다.

Mais ensuite, pendant un instant, tout resta silencieux.

하지만 그 순간, 모든 것이 고요해졌다.

« Ils n'ouvriront pas la porte », se dit Gregor.

"그들은 문을 열어주지 않을 거야." 그레고르는 혼잣말을 했다.

Il était encore prisonnier d'un espoir insensé.

그는 여전히 헛된 희망에 사로잡혀 있었다.

Mais ensuite, bien sûr, la bonne s'est dirigée vers la porte.

그런데 그때, 당연히 하녀가 문으로 걸어갔습니다.

Et, comme toujours, elle ouvrit la porte au visiteur.

그리고 늘 그랬듯이, 그녀는 방문객에게 문을 열어주었다.

Gregor n'avait besoin d'entendre que les premiers mots de bienvenue du visiteur.

그레고르는 방문객의 첫 인사말만 들어도 충분했다.

Il a tout de suite compris qui était venu le chercher.

그는 누가 자신을 찾아왔는지 바로 알아챌 수 있었다.

Le chef de bureau en personne était venu prendre des nouvelles de Samsa.

수석 서기가 직접 삼사의 상태를 확인하러 온 것이었다.

Pourquoi Gregor était-il le seul à être condamné à un tel sort ?

어째서 그레고르만이 이런 운명에 처하게 된 걸까?

Pourquoi lui seul a-t-il dû servir dans une telle organisation ?

어째서 그만이 그런 조직에서 복무해야 했는가?

Le moindre oubli éveillait immédiatement les soupçons.

아주 사소한 실수라도 즉시 의심을 불러일으켰다.

Tous les employés qui travaillaient là-bas étaient-ils des scélérats ?

거기 직원들은 모두 악당들이었나요?

N'y avait-il donc parmi eux aucune personne fidèle et dévouée ?

그들 중에 신실하고 헌신적인 사람은 단 한 명도 없었단 말인가?

N'auraient-ils pas pu simplement envoyer un apprenti ?

견습생 한 명을 보내면 되지 않았을까요?

Toutes ces interrogations étaient-elles vraiment nécessaires ?

이 모든 질문이 정말 필요했던 걸까요?

Le représentant autorisé devait-il se déplacer en personne ?

대리인이 직접 와야 했나요?

Fallait-il vraiment informer toute la famille innocente ?

아무 죄 없는 가족 모두에게 이 사실을 알려야 했나요?

Toutes ces considérations ont poussé Gregor à agir.

이러한 모든 고려 사항들이 그레고르를 행동으로 이끌었습니다.

Il se hissa hors du lit de toutes ses forces.

그는 온 힘을 다해 침대에서 벌떡 일어났다.

Il y a eu une forte détonation, mais ce n'était pas vraiment un bruit.

큰 폭발음이 들렸지만, 그것은 사실 소음이 아니었다.

La chute avait été légèrement amortie par le tapis.

카펫 덕분에 낙하 충격이 약간 완화되었다.

Son dos était plus élastique que Gregor ne l'avait imaginé.

그의 등은 그레고르가 생각했던 것보다 훨씬 더 탄력적이었다.

Le son était donc plus sourd et moins perceptible.

그래서 소리가 더 둔탁해졌고, 그다지 눈에 띄지 않았습니다.

Mais il n'avait pas fait attention à sa tête pendant sa chute.

하지만 그는 추락하는 동안 머리 관리를 제대로 하지 않았다.

Et lorsqu'il a touché le sol, il s'est aussi cogné la tête.

그리고 그가 땅에 떨어지면서 머리도 부딪혔습니다.

Il se frotta la tête sur le tapis, en colère et souffrant.

그는 분노와 고통에 휩싸여 카펫에 머리를 문질렀다.

Mais le gérant, qui se trouvait dans la pièce d'à côté, a entendu le bruit.

하지만 바로 옆방의 매니저가 그 소음을 들었습니다.

« Quelque chose est tombé là-dedans », a-t-il observé avec justesse.

"뭔가 안에 떨어졌네요." 그는 정확하게 지적했다.

Gregor essaya d'imaginer le manager dans sa situation.

그레고르는 감독이 자신의 입장에 처했을 때를 상상해 보려고 애썼다.

« La même chose pourrait-elle lui arriver ? » se demanda-t-il.

"그에게도 똑같은 일이 일어날 수 있을까?" 그는 생각했다.

Il a admis que cet étrange événement pouvait être possible.

그는 이러한 이상한 일이 일어날 가능성을 인정했다.

Puis le chef de bureau fit quelques pas vers la pièce.

그러자 수석 서기가 방으로 몇 걸음 다가갔다.

C'était presque une réponse grossière à la question qu'il avait posée.

그것은 그가 던진 질문에 대한 다소 조잡한 대답이었다.

Ses bottes en cuir grinçaient lorsqu'il s'approcha de la porte.

그가 문으로 다가갈 때 가죽 부츠에서 삐걱거리는 소리가 났다.

Depuis la pièce située à sa droite, sa servante lui chuchota quelque chose.

오른쪽 방에서 하녀가 그에게 속삭였다.

"Gregor, le représentant autorisé est ici."

"공식 대리인인 그레고르가 여기 있습니다."

« Je sais », dit Gregor, mais seulement à voix basse pour lui-même.

"알아요." 그레고르는 나지막이 혼잣말처럼 말했다.

Il n'osait pas élever la voix au-dessus d'un murmure.

그는 감히 속삭이는 소리 이상으로 목소리를 높일 엄두를 내지 못했다.

Parce que Gregor ne voulait pas que sa sœur l'entende.

그레고르는 여동생이 자신의 말을 듣는 것을 원치 않았기
때문이다.

« Gregor », dit le père depuis la pièce de gauche.

"그레고르," 왼쪽 방에 있던 아버지가 말했다.

« Le responsable est venu vérifier quel est le problème. »

"매니저가 무슨 문제인지 확인하러 왔습니다."

« Il vous a demandé pourquoi vous n'aviez pas pris le
premier train. »

"그는 왜 일찍 오는 기차를 타지 않았냐고 물었어요."

« Nous ne savons pas quoi lui dire », a déclaré le père.

"우리는 그에게 뭐라고 말해야 할지 모르겠어요." 아버지가
말했다.

« D'ailleurs, il souhaite également vous parler
personnellement. »

"참고로, 그분도 당신과 개인적으로 이야기하고 싶어 하십니다."

« Veuillez ouvrir la porte, afin qu'il puisse vous parler. »

"문을 열어주세요. 그분이 당신과 이야기할 수 있도록."

« Il aura la gentillesse d'excuser le désordre dans la chambre.
»

"그는 방이 어질러져 있는 것을 너그럽게 이해해 줄 겁니다."

« Bonjour, Monsieur Samsa », lui lança le directeur.

"좋은 아침입니다, 삼사 씨." 매니저가 그를 불렀다.

Et il lui a certainement parlé de manière amicale.

그리고 그는 분명히 그에게 우호적인 어조로 이야기했습니다.

« Il ne se sent pas bien », dit la mère au gérant.

"아이가 몸이 안 좋아요." 어머니가 매니저에게 말했다.

« Il ne va pas bien du tout, croyez-moi, cher manager. »

"그는 전혀 괜찮지 않아요, 매니저님. 제 말을 믿어주세요."

« Sinon, pourquoi Gregor aurait-il raté le train du matin ? »

"그렇지 않고서야 그레고르가 아침 기차를 놓쳤을 리가
있겠어요?"

«Le garçon ne pense qu'à ses affaires.»

"그 아이는 사업 생각밖에 안 하고 있어요."

« Cela m'agace presque qu'il ne fasse rien d'autre. »

"그가 다른 일은 전혀 하지 않는다는 게 거의 짜증 나네요."

« J'aimerais qu'il sorte le soir pour prendre l'air. »

"그가 저녁에 신선한 공기를 쐬러 나갔으면 좋겠어요."

« Il était en ville pendant huit jours pour affaires. »

"그는 업무차 8일 동안 도시에 머물렀습니다."

« Mais il était chez lui tous les soirs. »

"하지만 그는 그 저녁마다 집에 있었어요."

«Il s'assoit à notre table et lit le journal.»

"그는 우리 테이블에 앉아서 신문을 읽어요."

« À d'autres moments, il étudie les horaires des trains. »

"다른 때에는 그는 기차 시간표를 공부합니다."

«Il lui arrive de s'occuper en faisant de la menuiserie.»

"그는 가끔 목공일을 하면서 시간을 보내기도 합니다."

« Par exemple, il a sculpté un petit cadre photo en bois. »

"예를 들어, 그는 작은 나무 액자를 조각했습니다."

« Pendant deux ou trois soirées, il était occupé avec la scie. »

"그는 이틀이나 사흘 저녁 동안 톱질에 열중했다."

«Vous serez étonné(e) de voir à quel point le cadre photo est joli.»

"액자가 얼마나 예쁜지 보시면 깜짝 놀라실 거예요."

«Il a accroché le cadre photo dans sa chambre.»

"그는 액자를 자기 방에 걸어 놓았습니다."

« Quand il ouvrira la porte, vous verrez ses boiseries. »

"그가 문을 열면 그의 목공예 솜씨를 볼 수 있을 겁니다."

« Au fait, je suis ravi que vous soyez ici, Monsieur Prokurist. »

"그런데, 프로쿠리스트 씨, 와주셔서 정말 기쁩니다."

« Nous n'aurions pas pu, à nous seuls, forcer Gregor à ouvrir la porte. »

-리 혼자서는 그레고르가 문을 열도록 할 수 없었을 겁니다."

Il est tellement têtu », a avoué sa mère au vendeur.

아이가 너무 고집이 세요." 어머니가 점원에게 털어놓았다.

« Il est certainement malade, même s'il l'a nié auparavant. »

"그는 전에는 부인했지만, 분명히 몸이 좋지 않다."

« J'arrive tout de suite », dit Gregor lentement et prudemment.

"금방 갈게요." 그레고르는 천천히 조심스럽게 말했다.

Mais il ne fit aucun mouvement vers la porte de la pièce.

하지만 그는 방 문 쪽으로 아무런 움직임도 보이지 않았다.

Il ne voulait pas perdre un seul mot de la conversation.

그는 대화의 한 마디도 놓치고 싶지 않았다.

Le chef de bureau a approuvé l'évaluation de la mère.

수석 서기는 어머니의 평가에 동의했다.

« Je ne peux pas l'expliquer autrement non plus, madame. »

"저도 달리 설명드릴 방법이 없네요, 부인."

« Espérons tous qu'il ne souffre d'aucune maladie grave », a-t-il déclaré.

"그가 심각한 병에 걸리지 않았기를 모두 함께 바라봅시다."라고 그는 말했다.

« D'un autre côté, c'est un risque pour notre secteur. »

"반면에, 그것은 우리 업계의 위험 요소입니다."

« Nous, les hommes d'affaires, devons souvent surmonter un certain malaise. »

"우리 사업가들은 종종 불편함을 극복해야 합니다."

« Les professionnels doivent simplement faire abstraction des petites douleurs. »

"전문가라면 사소한 고통은 감수해야 한다."

Pendant ce temps, son père frappa de nouveau à l'autre porte.

그러는 동안 그의 아버지는 다시 다른 문을 두드렸다.

« Le chef de bureau peut-il entrer maintenant ? » demanda-t-il.

"수석 서기님 지금 들어오실 수 있나요?" 그가 물었다.

« Non, il ne peut pas », répondit Gregor à la question de son père.

"아니요, 그럴 수 없어요." 그레고르는 아버지의 질문에 이렇게 대답했다.

Un silence gênant s'installa dans la pièce de gauche.

왼쪽 방에는 어색한 침묵이 흘렀다.

Dans la pièce de droite, la sœur se mit à sangloter.

오른쪽 방에서 여동생이 흐느껴 울기 시작했다.

Pourquoi la sœur n'était-elle pas partie rejoindre les autres ?

왜 여동생은 다른 사람들과 함께 가지 않았을까?

Elle venait probablement de se lever, pensa-t-il.

그녀는 아마 방금 침대에서 일어났을 거라고 그는 생각했다.

Elle n'a peut-être même pas encore commencé à s'habiller.

그녀는 아직 옷을 입기 시작도 안 했을지도 몰라.

Mais Gregor ne comprenait pas pourquoi elle pleurait.

하지만 그레고르는 그녀가 왜 우는지 이해할 수 없었다.

Était-ce parce qu'il ne s'était pas levé pour laisser entrer le directeur ?

그가 일어나서 매니저를 들여보내지 않았기 때문인가요?

Était-ce parce qu'il risquait de perdre son emploi ?

그가 직장을 잃을 위험에 처했기 때문이었나요?

Le patron pourrait-il s'en prendre aux parents comme avant ?

사장님이 예전처럼 부모님을 괴롭힐까요?

Allait-il leur formuler à nouveau les mêmes exigences qu'auparavant ?

그는 예전처럼 그들에게 똑같은 요구를 하려는 걸까?

Il n'y avait probablement pas lieu de s'inquiéter de ces choses-là.

이런 것들은 아마 걱정할 필요가 없었을 거예요.

Pour le moment, elle n'avait aucune raison de pleurer.

당분간 그녀가 울 이유는 없었다.

Gregor était toujours là, subvenant aux besoins de sa famille.

그레고르는 여전히 이곳에 남아 가족을 부양하고 있었다.

Et il n'a jamais eu l'intention de quitter sa famille.

그는 가족을 떠날 생각이 전혀 없었다.

Pour le moment, il restait simplement allongé là, sur le tapis.

그는 당분간 카펫 위에 그냥 누워 있었다.

La famille ignorait son état.

가족들은 그의 상태를 알지 못했다.

S'ils avaient su, ils n'auraient pas encouragé son patron.

그들이 알았더라면 그의 상사를 부추기지 않았을 것이다.

Ils n'auraient même pas laissé entrer le gérant.

그들은 매니저조차 집에 들어오지 못하게 했을 거예요.

Le refouler n'aurait pas été particulièrement impoli.

그를 돌려보내는 것이 특별히 무례한 행동은 아니었을 것이다.

Il aurait facilement pu trouver une excuse convenable plus tard.

그는 나중에 얼마든지 적절한 변명을 찾을 수 있었을 것이다.

Ce n'était pas un motif de licenciement.

그건 그가 해고될 만한 사유가 아니었다.

Gregor pensait qu'il serait plus judicieux de le laisser tranquille désormais.

그레고르는 이제 혼자 있는 게 더 현명할 거라고 생각했다.

Le déranger en pleurant et en parlant n'a pas beaucoup aidé.

울고 떠들어대는 건 별 소용이 없었다.

Mais c'était l'incertitude qui inquiétait les autres.

하지만 다른 사람들을 괴롭힌 것은 바로 불확실성이었다.

Et c'est cette incertitude qui a excusé leur comportement.

그리고 바로 이러한 불확실성이 그들의 행동을 정당화시켜 주었다.

« Monsieur Samsa », appela le directeur d'une voix forte.

"삼사 씨!" 매니저가 목소리를 높여 불렀다.

« Qu'est-ce qui se passe avec toi ? » a-t-il voulu savoir.

"너 왜 그래?" 그가 묻고 싶어했다.

« Tu t'es barricadé dans ta chambre. »

"당신은 방에 틀어박혀 있군요."

«Vous ne pouvez répondre que par «oui» ou «non».»

"'예' 또는 '아니오' 중 하나만 답해 주십시오."

«Vous causez de sérieux soucis à vos parents.»

"너는 부모님께 심각한 걱정을 안겨드리고 있어."

« Je ne vois pas de bonne raison de les inquiéter. »

"그들을 걱정시킬 만한 타당한 이유를 모르겠네요."

« Il y a une autre chose que je mentionnerai en passant. »

"한 가지 더 말씀드릴 것이 있습니다."

«Vous négligez également vos obligations professionnelles envers nous.»

"당신은 우리에 대한 업무상 의무를 소홀히 하고 있습니다."

« Une telle irresponsabilité ne vous ressemble pas du tout. »

"그런 무책임한 행동은 당신답지 않아요."

« Je parle ici au nom de vos parents et de votre patron. »

"저는 당신의 부모님과 상사를 대신하여 이 자리에 섰습니다."

« Et je vous demande une explication immédiate et claire. »

"즉각적이고 명확한 설명을 요구합니다."

« Je dois dire que tout cela m'étonne vraiment. »

"이 모든 일이 정말 놀랍네요."

« Je pensais vous connaître comme une personne calme et raisonnable. »

"저는 당신이 차분하고 합리적인 사람이라고 알고 있었어요."

« Mais maintenant, tu nous montres une autre facette de toi. »

"하지만 지금 당신은 우리에게 당신의 다른 면모를 보여주고 있네요."

«Vous faites soudain preuve de vos caprices très particuliers.»

"갑자기 당신은 아주 특이한 변덕을 드러내고 있군요."

« Mais il pourrait y avoir une explication à votre échec. »

"하지만 당신의 실패에는 이유가 있을지도 모릅니다."

« Le patron a mentionné une dette que vous aviez recouvrée pour nous. »

"사장님께서 당신이 우리 회사를 위해 받아낸 채무에 대해 말씀하셨어요."

« J'ai donné ma parole d'honneur au patron en votre nom. »

"사장님께 당신을 위해 제 명예를 걸고 약속했습니다."

« Mais maintenant je vois votre obstination incompréhensible. »

"하지만 이제야 당신의 이해할 수 없는 고집을 알겠네요."

« Je pourrais encore perdre toute envie de vous aider. »

"내가 당신을 돕고 싶은 마음을 완전히 잃을지도 몰라요."

«Votre sécurité d'emploi n'est en aucun cas totalement stable.»

"당신의 직업 안정성은 결코 완전히 안정적이지 않습니다."

« À l'origine, je comptais vous dire tout cela en privé. »

"원래는 이 모든 걸 너에게 개인적으로 이야기하려고 했어."

« Mais maintenant je vois que vous voulez que je perde mon temps ici. »

"하지만 이제 보니 당신은 내가 여기서 시간을 낭비하길 바라시는군요."

«Je ne vois donc aucune raison pour que vos parents ne le sachent pas.»

"그러니 부모님께서 모르실 이유가 없다고 생각합니다."

«Vos récentes performances n'ont pas été satisfaisantes.»

"귀하의 최근 업무 성과는 만족스럽지 못합니다."

« Je reconnais que les ventes sont plus lentes à cette période de l'année. »

"연말에 매출이 저조한 것은 사실입니다."

« Mais il n'y a pas de période de l'année où il n'y a pas de ventes. »

"하지만 일 년 중 세일이 없는 시기는 없습니다."

Pendant un instant, Gregor oublia tout ce qui l'entourait.

그 순간 그레고르는 주변의 모든 것을 잊었다.

« Mais Monsieur Prokurist ! » s'écria Gregor, désespéré.

"하지만 프로쿠리스트 씨," 그레고르는 절망에 찬 목소리로 외쳤다.

« J'ouvre la porte tout de suite, maintenant, ne vous inquiétez pas. »

"제가 지금 바로 문을 열어드릴게요, 걱정하지 마세요."

«Le problème, c'est que je ne me sens pas très bien.»

"문제는 제가 몸 상태가 꽤 좋지 않다는 것입니다."

« Mes vertiges m'ont empêché d'atteindre la porte. »

"어지럼증 때문에 문까지 갈 수 없었어요."

« Je suis encore au lit, mais je me sens beaucoup mieux. »

"아직 침대에 누워있지만 훨씬 나아진 것 같아요."

«Un instant, s'il vous plaît, je viens de me lever.»

"잠시만 기다려 주세요. 지금 막 침대에서 일어났어요."

« Un instant de patience, c'est tout ce que je vous demande, Monsieur Prokurist. »

"프로쿠리스트 씨, 잠시만 기다려 주시면 됩니다."

« Ça ne se passe pas aussi bien que je le pensais, mais ça ira. »

"생각했던 것만큼 잘 풀리지는 않지만, 괜찮을 거예요."

« Comment une telle chose peut-elle arriver à une personne aussi rapidement ? »

"어떻게 그런 일이 사람에게 그렇게 빨리 일어날 수 있죠?"

« Je me sentais bien hier soir, mes parents le savent. »

"어젯밤엔 괜찮았어요. 부모님도 아시잖아요."

« Mais peut-être avais-je déjà un petit pressentiment à ce moment-là. »

"하지만 어쩌면 그때 이미 어느 정도 예감이 들었을지도 모르겠어요."

«Vous pourriez vous demander pourquoi je ne l'ai pas signalé au bureau.»

"왜 사무실에 보고하지 않았냐고 물으실 수도 있겠죠."

« Je pensais que je me sentirais beaucoup mieux demain matin. »

"내일 아침에는 훨씬 기분이 나아질 거라고 생각했어요."

« On pense toujours qu'ils auront vaincu la maladie d'ici là. »

"사람들은 늘 그때쯤이면 병을 이겨냈을 거라고 생각하죠."

« Mais je vous en prie ! Épargnez mes parents de ces accusations ! »

"하지만 제발! 저희 부모님께 이런 비난을 하지 말아 주세요!"

« On ne m'a pas dit un mot de ce que vous m'avez dit. »

"당신이 내게 말한 내용에 대해선 한 마디도 듣지 못했어요."

« Il se peut que vous n'ayez pas lu les dernières commandes que j'ai envoyées. »

"당신은 제가 보낸 최근 지시사항을 읽어보지 않았을 수도 있습니다."

« Au fait, vous n'avez pas à vous inquiéter pour moi aujourd'hui. »

"참, 오늘은 저 때문에 걱정하실 필요 없어요."

«Je vais quand même prendre le train de huit heures.»

"저는 여전히 8시 기차를 탈 거예요."

« Ces quelques heures de repos m'ont suffisamment revigoré. »

"짧은 휴식 덕분에 기력이 충분히 회복됐습니다."

« Vous n'avez vraiment pas besoin d'attendre, manager. »

"매니저님, 기다리실 필요 전혀 없습니다."

« Moi aussi, je serai bientôt au bureau. »

저도 곧 사무실에 복귀할 예정입니다.

« Et s'il vous plaît, ayez la gentillesse de dire un mot en ma faveur. »

"그리고 부디 저를 위해 좋은 말씀 한 말씀 부탁드립니다."

Gregor avait donné son explication assez précipitamment.

그레고르는 설명을 꽤 성급하게 내뱉었다.

Il ne savait pas vraiment ce qu'il essayait de dire.

그는 자신이 정말로 무슨 말을 하려고 하는지 거의 알지 못했다.

Il s'est approché de la boîte et a essayé de s'en servir pour se lever.

그는 상자로 가서 그것을 잡고 일어서려고 했다.

Il avait vraiment l'intention d'ouvrir la porte.

그는 정말로 문을 열 생각이었어.

Il souhaitait être reçu par le représentant autorisé.

그는 권한 있는 대리인을 만나고 싶어했습니다.

Et il voulait régler le problème avec lui personnellement.

그리고 그는 그 문제를 그와 직접 해결하고 싶어했습니다.

Il était impatient de savoir comment les autres réagiraient à son égard.

그는 다른 사람들이 자신에게 어떻게 반응할지 몹시 궁금해했다.

Ils doivent maintenant être impatients de savoir comment il va.

그들도 이제 그의 근황이 궁금해 죽을 지경일 것이다.

Il y avait deux façons possibles dont ils pouvaient réagir face à lui.

그들이 그에게 반응할 수 있는 방법은 두 가지였다.

Une possibilité était qu'ils aient peur.

한 가지 가능성은 그들이 겁을 먹을 수도 있다는 것이었다.

S'ils avaient peur, alors il n'en était pas responsable.

그들이 두려워했다면 그는 아무런 책임이 없다.

Et alors, il n'aurait plus à s'inquiéter de la situation.

그러면 그는 그 상황에 대해 걱정할 필요가 없을 것이다.

Mais il y avait aussi une autre possibilité à envisager.

하지만 고려해 볼 만한 또 다른 가능성도 있었습니다.

Peut-être accepteraient-ils sereinement sa personnalité.

어쩌면 그들은 그의 있는 그대로의 모습을 차분히 받아들일지도 모른다.

Gregor n'aurait alors aucune raison de se fâcher non plus.

그렇다면 그레고르도 화를 낼 이유가 없을 것이다.

Il y aurait encore assez de temps pour prendre le train.

기차를 탈 시간은 충분히 있을 겁니다.

Cependant, se tenir debout n'était pas une tâche facile.

하지만 똑바로 서 있는 것 자체가 결코 쉬운 일은 아니었다.

Lors de ses premières tentatives, il a glissé hors de la boîte.

처음 몇 번 시도했을 때 그는 상자에서 미끄러져 떨어졌다.

La boîte était trop lisse pour qu'il puisse s'y appuyer.

상자 표면이 너무 매끄러워서 그는 기대어 설 수 없었다.

Et finalement, il se donna un dernier effort pour se relever.

그리고 마침내 그는 마지막 힘을 다해 일어섰다.

Il ne prêta plus attention à la douleur qu'il ressentait à l'abdomen.

그는 더 이상 복부의 통증에 신경 쓰지 않았다.

Peu importe l'intensité de la douleur, il la surmonterait.

아무리 고통스러워도 그는 이겨낼 것이다.

Il se laissa tomber contre le dossier d'une chaise voisine.

그는 근처 의자 등받이에 털썩 주저앉았다.

Et il s'accrochait aux bords avec ses petites jambes.

그리고 그는 작은 다리로 가장자리를 붙잡고 있었다.

À ce stade, il avait repris le contrôle de lui-même.

그는 이때쯤 자신을 더 잘 통제할 수 있게 되었다.

Et sa chute fut plus silencieuse que la précédente.

그리고 그의 몰락은 이전의 몰락보다 더 조용했다.

Parce qu'il devait écouter ce que disait le manager.

그는 매니저의 말을 들어야 했기 때문이다.

« Avez-vous compris quelque chose à tout cela ? » demanda-t-il aux parents.

"방금 말씀하신 내용을 이해하셨나요?" 그가 부모에게 물었다.

« Il ne se moquerait pas de nous, n'est-ce pas ? »

"그가 우리를 바보로 만들진 않겠지?"

« Pour l'amour de Dieu ! » s'écria la mère, déjà en larmes.

"제발," 어머니는 이미 울먹이며 소리쳤다.

« Il est peut-être gravement malade et nous le tourmentons. »

"그는 심각한 병에 걸렸을지도 모르는데 우리가 그를 괴롭히고 있는 겁니다."

« Grete ! Grete ! » cria-t-elle à sa fille.

"그레테! 그레테!" 그녀는 딸에게 소리쳤다.

« Maman ? » appela la sœur de l'autre côté.

"어머니?" 여동생이 반대편에서 불렀다.

Ils ont ensuite communiqué par l'intermédiaire de la chambre de Gregor.

그들은 그레고르의 방을 통해 소통했다.

« Gregor est très malade et il a besoin de médicaments. »

"그레고르는 많이 아파서 약을 먹어야 해요."

«Vous devrez aller chez le médecin immédiatement.»

"즉시 병원에 가셔야 합니다."

« Tu as entendu comment Gregor parlait tout à l'heure ? »

"그레고르가 방금 말하는 거 들었어?"

« C'était la voix d'un animal », a déclaré le gérant.

"그건 마치 동물의 목소리 같았어요."라고 매니저가 말했다.

Ses paroles étaient douces comparées aux cris de la mère.

어머니의 비명 소리에 비하면 그의 말은 조용했다.

« Anna ! Anna ! » appela le père depuis l'antichambre.

"안나! 안나!" 아버지가 대기실을 통해 불렀다.

Et il a claqué des mains pour attirer leur attention.

그는 그들의 주의를 끌기 위해 손뼉을 쳤다.

« Appelez immédiatement un serrurier ! » ordonna-t-il à la bonne.

"당장 열쇠공을 불러와!" 그는 하녀에게 명령했다.

Les filles, en jupes, traversèrent l'antichambre en courant.

치마를 입은 소녀들이 대기실을 가로질러 뛰어갔다.

Et leurs jupes bruissaient lorsqu'elles passèrent en courant devant sa chambre.

그들이 그의 방 앞을 지나갈 때 치마 자락이 바스락거렸다.

« Comment sa sœur a-t-elle fait pour s'habiller si vite ? » se demanda-t-il.

"여동생은 어떻게 그렇게 빨리 옷을 입었지?" 그는 생각했다.

La porte a été arrachée, mais elle n'a pas été claquée.

문은 뜯겨 나갔지만, 쾅 닫히지는 않았다.

C'est fréquent dans les maisons où survient un grand malheur.

이는 큰 불행이 닥친 가정에서 흔히 볼 수 있는 현상입니다.

Mais tout cela avait considérablement apaisé Gregor.

하지만 이 모든 일 덕분에 그레고르는 훨씬 차분해졌다.

Quand il entendait ses propres paroles, elles lui paraissaient claires.

그는 자신의 말을 듣고 나서야 그 내용이 명확하게 이해되는 듯했다.

En fait, il estimait que ses paroles avaient été plus claires.

사실 그는 자신의 말이 오히려 더 명확해졌다고 느꼈다.

Mais les autres ne comprenaient plus ce qu'il disait.

하지만 다른 사람들은 더 이상 그가 무슨 말을 하는지 이해하지 못했다.

Peut-être s'était-il habitué à ses oreilles à ce moment-là.

아마도 그는 이제 자신의 귀에 익숙해졌을 것이다.

Mais au moins, ils comprenaient maintenant mieux sa situation.

하지만 적어도 이제 그들은 그의 상황을 더 잘 이해하게 되었다.

Ils se sont rendu compte qu'il y avait vraiment quelque chose qui n'allait pas chez lui.

그들은 그에게 정말 뭔가 문제가 있다는 것을 깨달았다.

Et ils faisaient maintenant tout leur possible pour l'aider.

그리고 그들은 이제 그를 돕기 위해 할 수 있는 모든 것을 다하고 있었다.

Cela redonna à Gregor un sentiment de confiance qui lui manquait.

이로써 그레고르는 그동안 부족했던 자신감을 얻었다.

Et il se sentait de nouveau beaucoup plus en sécurité au sein de sa famille.

그리고 그는 가족 안에서 훨씬 더 안정감을 느꼈습니다.

Il avait le sentiment d'être à nouveau intégré au cercle humain.

그는 자신이 다시 인간관계의 일원으로 받아들여졌다고 느꼈다.

Il ne lui restait plus qu'à espérer que le serrurier puisse ouvrir la porte.

이제 그는 열쇠공이 문을 열어주기를 바랄 수밖에 없었다.

Et il espérait que le médecin serait capable d'accomplir de telles tâches.

그리고 그는 의사가 그러한 일들을 수행할 수 있기를 바랐다.

Il allait bientôt devoir reprendre la parole.

그는 조만간 다시 말을 많이 해야 할 것이다.

Il allait falloir que sa voix soit aussi claire que possible.

그의 목소리는 최대한 또렷해야 했다.

Pour se préparer à la réunion, il s'éclaircit la gorge.

그는 회의 준비를 위해 목을 가다듬었다.

Il s'efforçait toutefois de tousser très discrètement.

하지만 그는 최대한 조용히 기침하려고 애썼다.

Ce bruit pouvait être différent d'une toux humaine.

그 소리는 사람의 기침 소리와는 다르게 들렸을 수도 있습니다.

Il savait qu'il ne pouvait plus faire la différence entre de telles choses.

그는 더 이상 그런 것들을 구분할 수 없다는 것을 알았다.

Dans la pièce voisine, le silence était total.

옆방은 완전히 조용해졌다.

Les parents étaient probablement assis à table.

부모님은 아마 식탁에 앉아 계셨을 겁니다.

Ils chuchotaient peut-être avec le gérant.

그들은 매니저와 속삭였을지도 모릅니다.

Peut-être que tout le monde était appuyé contre la porte et écoutait.

어쩌면 모두가 문에 기대어 듣고 있었을지도 몰라.

Gregor poussa lentement la chaise vers la porte.

그레고르는 천천히 의자를 문 쪽으로 밀었다.

Il s'appuya contre la porte et se tint droit.

그는 문을 밀어붙이며 몸을 똑바로 세웠다.

Il a découvert que la plante de ses pieds était légèrement collée.

그는 발바닥에 약간의 접착 성분이 있다는 것을 알게 되었다.

Et il se reposa là un instant, épuisé.

그는 힘든 일을 마치고 잠시 그곳에서 쉬었다.

Après s'être suffisamment reposé, il s'attela à la tâche suivante.

충분히 휴식을 취한 그는 다음 작업에 착수했다.

Il commença à tourner la clé dans la serrure avec sa bouche.

그는 입으로 자물쇠에 열쇠를 돌리기 시작했다.

Malheureusement, il semblait qu'il n'avait pas de dents.

불행히도, 그는 실제로 이빨이 없는 것 같았다.

Mais quel autre moyen avait-il pour s'emparer des clés ?

하지만 그가 열쇠를 손에 넣을 다른 방법이 있었을까요?

Heureusement pour lui, ses mâchoires étaient bien sûr très fortes.

다행히도 그의 턱은 매우 강했다.

Grâce à la force de ses mâchoires, il a vraiment réussi à faire bouger la clé.

그는 턱을 이용해 열쇠를 정말로 움직이게 만들었다.

Il ne doutait pas qu'il se faisait du mal à lui-même également.

그는 자신이 스스로에게도 해를 끼치고 있다는 사실을 조금도 의심하지 않았다.

Parce qu'un liquide brunâtre sortait de sa bouche.

그의 입에서 갈색 액체가 나오고 있었기 때문입니다.

Le liquide brunâtre a coulé sur la clé et le long de la porte.

갈색 액체가 열쇠 위로 흘러내려 문 아래로 떨어졌다.

Mais Gregor ne se souciait pas de se faire du mal.

하지만 그레고르는 자신이 스스로에게 해를 끼치고 있다는 사실을 신경 쓰지 않았다.

« Vous entendez ça ? » demanda le gérant dans la pièce voisine.

"저 소리 들리세요?" 옆방에서 매니저가 말했다.

« Il tourne la clé », avait remarqué le gérant.

"그가 열쇠를 돌리고 있잖아." 매니저가 알아챘다.

Ces paroles furent un grand encouragement pour Gregor.

이 말들은 그레고르에게 큰 격려가 되었습니다.

Mais le père et la mère auraient également dû crier :

하지만 아버지와 어머니도 이렇게 외쳤어야 했습니다.

« Bien joué, Gregor ! » auraient-ils dû lui crier.

"잘했어, 그레고르!"라고 그들은 그에게 소리쳤어야 했다.

«Continue, continue de tourner la clé, tu peux le faire.»

"계속해, 계속 열쇠를 돌려봐, 넌 할 수 있어."

Mais Gregor dut plutôt imaginer leur enthousiasme.

하지만 그레고르는 그들의 흥분을 상상해야만 했다.

Il serra les mâchoires de toutes ses forces.

그는 있는 힘을 다해 이를 악물었다.

Et il continua à tourner la clé dans la serrure.

그는 계속해서 자물쇠 안에서 열쇠를 이리저리 돌렸다.

Son corps se tordit douloureusement en un cercle.

고통스럽게 그의 몸은 빙글빙글 돌았다.

Il ne tenait plus debout qu'avec sa bouche.

그는 이제 입으로만 몸을 지탱하고 있었다.

Pour continuer à tourner la clé, il appuya contre la porte.

열쇠를 계속 돌리려고 그는 문에 힘을 주었다.

Finalement, le claquement de la serrure réveilla de nouveau Gregor.

마침내 자물쇠가 딸깍 소리를 내며 잠에서 깬 그레고르.

« Je n'avais donc pas besoin du serrurier », soupira-t-il de soulagement.

"그래서 열쇠공이 필요 없었네." 그는 안도의 한숨을 쉬었다.

Il ne lui restait plus qu'à ouvrir la porte qu'il avait déverrouillée.

이제 그는 잠금 해제해 둔 문을 열기만 하면 됐다.

Et, la tête sur la poignée, il ouvrit la porte.

그는 머리를 손잡이에 얹고 문을 열었다.

Il se trouvait derrière la porte qui donnait sur sa chambre.

그는 자기 방으로 통하는 문 뒤에 있었다.

La porte était donc déjà ouverte avant même qu'on puisse le voir.

그래서 그가 모습을 드러내기 전에 문은 이미 열려 있었다.

Il lui fallait ensuite se faufiler autour de la porte elle-même.

다음으로 그는 문 주변을 조심스럽게 돌아가야 했다.

Ce mouvement difficile a également nécessité beaucoup d'efforts.

이 어려운 이동에는 많은 노력이 필요했습니다.

Il ne voulait pas tomber maladroitement dans la pièce voisine.

그는 어색하게 옆방으로 넘어지고 싶지 않았다.

Il n'avait donc pas le temps de prêter attention à quoi que ce soit d'autre.

그래서 그는 다른 것에 신경 쓸 시간이 없었다.

Mais il entendit alors le chef de bureau s'exclamer bruyamment : « Oh ! »

그런데 그때 그는 수석 서기가 큰 소리로 "오!"라고 외치는 소리를 들었다.

On aurait dit que le vent soufflait en rafales dans la maison.

마치 바람이 집 안으로 세차게 불어오는 소리 같았다.

Il se trouvait être celui qui était le plus proche de la porte.

그는 마침 문에 가장 가까이 있던 사람이었다.

Et maintenant, en le voyant, il porta sa main à sa bouche.

그를 보자 그는 손으로 입을 가렸다.

Il recula lentement, s'éloignant de Gregor.

그는 천천히 그레고르에게서 멀어지며 뒤로 물러섰다.

Mais c'était comme si une force invisible agissait sur lui.

하지만 마치 보이지 않는 힘이 그에게 작용하는 것 같았다.

La première chose que fit la mère fut de regarder le père.

어머니가 제일 먼저 한 일은 아버지를 쳐다보는 것이었다.

Malgré la présence du gérant, ses cheveux étaient en désordre.

매니저가 옆에 있었음에도 불구하고 그녀의 머리는 헝클어져 있었다.

Elle déplia les bras et fit deux pas en avant.

그녀는 팔짱을 풀고 두 걸음 앞으로 나섰다.

Mais elle s'est effondrée au milieu de sa jupe.

그런데 그때 그녀는 치마 자락에 쓰러지고 말았다.

Sa robe s'est étalée tout autour d'elle sur le sol.

그녀의 드레스가 바닥에 사방으로 펼쳐졌다.

Et sa tête disparut sur sa poitrine.

그리고 그녀의 머리는 자신의 가슴 위로 사라졌다.

Le père serra le poing avec une expression hostile.

아버지는 적대적인 표정으로 주먹을 꽉 쥐었다.

Il semblait vouloir que Gregor soit renvoyé dans sa chambre.

그는 그레고르를 다시 방으로 밀어 넣고 싶어하는 것 같았다.

Il jeta ensuite un regard incertain autour du salon.

그는 불안한 듯 거실을 둘러보았다.

Et finalement, il se couvrit les yeux entre ses mains.

그리고 마침내 그는 두 손으로 눈을 가렸다.

Et il pleura amèrement jusqu'à ce que sa poitrine puissante tremble.

그는 가슴이 떨릴 때까지 서럽게 울었다.

Gregor n'est en réalité pas entré dans leur chambre.

사실 그레고르는 그들의 방에 전혀 들어가지 않았다.

Au lieu de cela, il s'appuya contre le cadre de la porte.

그는 대신 문틀에 기대섰다.

Seule la moitié de son corps était visible de l'extérieur.

바깥 사람들에게는 그의 몸의 절반만 보였다.

Et sur son corps reposait sa tête, inclinée sur le côté.

그리고 그의 몸 위에는 옆으로 기울어진 그의 머리가 놓여 있었다.

La lumière était désormais devenue beaucoup plus vive qu'auparavant.

이제 빛은 이전보다 훨씬 더 밝아졌다.

On pouvait désormais voir clairement l'autre côté de la rue.

이제 길 건너편이 확실히 보였다.

Une partie de l'hôpital gris et interminable se dévoila.

끝없이 펼쳐진 회색빛 병원의 한 부분이 모습을 드러냈다.

La pluie matinale n'avait pas encore complètement cessé de tomber.

아침비는 아직 완전히 그치지 않았다.

Mais maintenant, les gouttes de pluie étaient plus grosses et plus espacées.

하지만 이제 빗방울은 더 커졌고, 간격도 더 넓어졌다.

Les plats du petit-déjeuner étaient disposés en abondance sur la table.

아침 식사 메뉴가 테이블 위에 푸짐하게 차려져 있었다.

Le père considérait le petit-déjeuner comme le repas le plus important.

아버지는 아침 식사를 가장 중요한 식사라고 생각했다.

Le petit-déjeuner était un repas qu'il s'éternisait pendant des heures.

그는 아침 식사를 몇 시간씩 질질 끌며 먹었다.

Et pendant ces heures, il lisait les différents journaux.

그는 이 시간 동안 여러 신문을 읽었다.

Juste en face, sur le mur, était accrochée une photo de Gregor.

바로 맞은편 벽에는 그레고르의 사진이 걸려 있었다.

La photographie accrochée au mur le montrait en lieutenant.

벽에 걸린 사진 속 그는 중위였다.

C'était une photo de l'époque où il était dans l'armée.

그 사진은 그가 군 복무 시절에 찍은 것이었다.

Sa main était posée sur son épée, et il arborait un sourire insouciant.

그는 검에 손을 얹고 태평스러운 미소를 짓고 있었다.

Sa posture et son uniforme imposaient un certain respect.

그의 자세와 제복은 존경심을 불러일으켰다.

L'autre porte qui menait à l'antichambre était également ouverte.

대기실로 통하는 다른 문도 열려 있었다.

Et la porte de l'appartement était encore ouverte elle aussi.

그리고 아파트 문도 여전히 열려 있었다.

On pouvait voir jusqu'à la cour de l'immeuble.

아파트 앞마당까지 훤히 보였다.

Puis les escaliers descendaient sur la rue en contrebas.

그리고 계단은 아래쪽 거리로 이어져 있었다.

Gregor était le seul à avoir gardé son sang-froid.

그레고르만이 유일하게 침착함을 유지했다.

Il a constaté cela, la conversation était donc de sa responsabilité.

그는 이 상황을 목격했으므로, 그 대화에 대한 책임은 그에게 있었다.

« Bon, je vais m'habiller pour le travail maintenant », dit-il.

"자, 이제 출근 준비를 해야겠네요."라고 그가 말했다.

« Une fois que j'aurai emballé les échantillons de tissu, je partirai. »

"원단 샘플을 포장하고 나서 출발하겠습니다."

«Vous comptez toujours me tirer dessus, Monsieur Prokurist ?»

"프로쿠리스트 씨, 아직도 저를 해고하실 생각이십니까?"

« Comme vous pouvez le constater, je ne suis pas aussi têtue que vous le pensiez. »

"보시다시피 저는 당신이 생각했던 것만큼 고집스럽지 않습니다."

« Et vous pouvez constater que j'aime bien travailler, après tout. »

"그리고 보시다시피, 저는 결국 일하는 걸 좋아합니다."

« Je peux admettre que voyager pour le travail n'est pas facile. »

"업무 출장이 쉽지 않다는 것을 인정합니다."

« Mais je peux aussi accepter que cela fasse partie de mon travail. »

"하지만 그것 또한 제 업무의 일부라는 것을 받아들일 수 있습니다."

« Chef de projet, où allez-vous ? Retournez-vous au bureau ? »

"매니저님, 어디 가세요? 사무실로 돌아가시는 건가요?"

« Allez-vous rapporter fidèlement tout ce que vous avez vu ? »

"당신은 목격한 모든 것을 진실되게 보고하시겠습니까?"

«Il arrive parfois qu'on soit dans l'incapacité d'aller travailler.»

"때로는 출근할 수 없는 상황이 발생하기도 합니다."

« C'est le moment idéal pour se souvenir des succès passés. »

"지금이야말로 과거의 업적을 되새겨볼 적절한 시기입니다."

« Une fois la difficulté surmontée, on travaille encore mieux. »

"어려움을 제거하고 나면, 업무 효율이 훨씬 높아진다."

« Ma diligence et ma concentration vont augmenter. »

"저의 성실함과 집중력은 더욱 높아질 것입니다."

«Vous savez très bien que je suis redevable envers le patron.»

"당신도 제가 사장님께 큰 빚을 졌다는 걸 잘 알고 있잖아요."

« Mais je suis aussi inquiète pour mes parents et ma sœur. »

"하지만 저는 부모님과 여동생도 걱정돼요."

« Je suis dans une situation délicate, mais je vais m'en sortir. »

"지금 어려운 상황에 처했지만, 잘 헤쳐나갈 거예요."

« Ne compliquez pas davantage les choses. »

"이보다 더 어렵게 만들지 마세요."

« En tant que collègues, nous devons aussi nous entraider. »

"동료 직원으로서 우리는 서로 도와야 합니다."

« Je sais que les employés de bureau n'aiment pas les voyageurs. »

"사무직 직원들이 여행객들을 좋아하지 않는다는 걸 알고 있어요."

«Vous croyez qu'on gagne des fortunes et qu'on mène une vie confortable.»

"당신은 우리가 엄청난 돈을 벌고 풍족한 삶을 산다고 생각하잖아요."

« Ils n'ont aucune raison valable de tenir compte de leurs préjugés. »

"그들은 자신들의 편견을 고려할 만한 실질적인 이유가 없다."

« Mais vous, agent habilité, votre rôle est différent. »

"하지만 당신은 권한을 위임받은 담당자로서 다른 역할을 맡고 있습니다."

«Vous avez une meilleure vue d'ensemble que les autres membres du personnel.»

"다른 직원들보다 전체적인 상황을 더 잘 파악하시는 것 같네요."

« En fait, je pense que vous avez peut-être la meilleure vue d'ensemble. »

"사실, 당신이 가장 전체적인 상황을 잘 파악하고 계신 것 같습니다."

«Vous avez une meilleure vision d'ensemble que le patron lui-même.»

"당신은 사장님보다 상황을 더 잘 파악하고 있군요."

« J'admets que c'est le patron qui fait le travail d'entrepreneur. »

"사장님이 기업가적인 일을 하는 건 인정합니다."

« Mais il est facile de se tromper dans ses jugements. »

하지만 그의 판단은 쉽게 오도될 수 있다.

« Et ces petites erreurs de jugement peuvent nous être préjudiciables. »

"그리고 이러한 작은 판단 착오는 우리에게 해가 될 수 있습니다."

«Vous savez combien il est facile de parler du voyageur.»

여행자에 대해 이야기하는 것이 얼마나 쉬운지 아시잖아요.

« Il n'est pas là pour défendre sa réputation contre les rumeurs. »

"그는 자신의 명예를 험담으로부터 지키기 위해 그 자리에 있는 것이 아닙니다."

« Ces accusations peuvent très bien n'être que des coïncidences. »

"이러한 혐의들은 단순한 우연의 일치일 수도 있습니다."

« Nombre de ces plaintes ne reposent même sur aucune vérité. »

"많은 불만 사항들은 사실과 전혀 무관합니다."

«Il est absent du bureau pendant presque toute l'année.»

"그는 거의 일 년 내내 사무실에 없습니다."

«Quelles chances a-t-il de défendre sa propre réputation ?»

"그가 자신의 명예를 지킬 가능성이 얼마나 되겠습니까?"

«Il n'a même pas connaissance des accusations.»

"그는 혐의에 대해 들어볼 기회조차 없어요."

«Il découvre ce qui a été dit lorsqu'il est trop tard.»

"그는 너무 늦어서야 무슨 말이 오갔는지 알게 된다."

« À ce stade, il est épuisé par le voyage de la journée. »

"그때쯤 되면 그는 하루 여정으로 완전히 지쳐 있을 겁니다."

« Il devra de toute façon en subir les terribles conséquences. »

"그는 어쨌든 끔찍한 결과를 겪어야 할 것이다."

« Même s'il n'a aucun moyen de comprendre le problème. »

"그는 문제를 이해할 방법이 전혀 없지만요."

« Oh, manager, ne partez pas sans me dire un mot. »

"매니저님, 저한테 한마디도 안 하고 가시면 안 돼요."

«Dites-moi au moins que vous êtes d'accord avec moi en partie.»

"적어도 내 의견에 부분적으로라도 동의한다고 말해줘."

Mais le directeur s'était détourné de Gregor bien plus tôt.

하지만 감독은 훨씬 일찌감치 그레고르에게서 등을 돌린 상태였다.

Son épaule tressaillit lorsqu'il se retourna vers Gregor.

그가 그레고르를 돌아보자 어깨가 움찔거렸다.

Et il n'est pas resté immobile une seule fois pendant tout son discours.

그는 연설하는 동안 단 한 순간도 가만히 서 있지 않았다.

Il se retournait vers Gregor, les lèvres pincées.

그는 입술을 꾹 다문 채 그레고르를 돌아보고 있었다.

Il reculait progressivement vers la porte.

그는 서서히 문 쪽으로 물러나고 있었다.

Mais il ne pouvait pas non plus détacher son regard de Gregor.

하지만 그는 그레고르에게서 눈을 뗄 수도 없었다.

Il avait l'impression qu'il lui était secrètement interdit de quitter la pièce.

그는 마치 방을 나가는 것이 비밀리에 금지된 것 같은 느낌을 받았다.

Mais à ce stade, il se trouvait déjà dans le hall d'entrée.

하지만 이때쯤 그는 이미 현관 홀에 도착해 있었다.

Et soudain, il fit un mouvement vers la sortie.

그러자 그는 갑자기 출구 쪽으로 발걸음을 옮겼다.

Il tendit la main droite vers les escaliers.

그는 오른손을 계단 쪽으로 뻗었다.

Peut-être qu'une force surnaturelle attendait pour le sauver.

어쩌면 초자연적인 힘이 그를 구하기 위해 기다리고 있었을지도 모른다.

Gregor savait qu'il ne pouvait pas le laisser partir comme ça.

그레고르는 그가 이렇게 떠나는 것을 두고 볼 수 없다는 것을 알았다.

Le manager ne doit pas revenir dans le même état d'esprit qu'avant.

감독은 이전의 기분 상태로 돌아와서는 안 된다.

La sécurité de l'emploi de Gregor était fortement menacée.

그레고르의 직업 안정성이 매우 위태로워졌다.

Les parents ne comprenaient pas tout cela.

부모님은 이 모든 것을 완전히 이해하지 못하셨습니다.

Au fil des ans, ils s'étaient habitués à sa sécurité d'emploi.

세월이 흐르면서 그들은 그의 직업 안정성에 익숙해졌다.

Et ils étaient convaincus qu'il avait ce poste à vie.

그리고 그들은 그가 평생 그 직책을 맡게 될 것이라고 확신하게 되었다.

Au lieu de cela, ils s'étaient préoccupés d'autres soucis.

대신 그들은 다른 걱거리들에 몰두하게 되었다.

Mais ces préoccupations leur ont fait perdre toute prévoyance.

하지만 이러한 우려 때문에 그들은 미래를 내다보는 안목을 완전히 잃었습니다.

Gregor, cependant, n'avait pas perdu la clairvoyance de ses parents.

하지만 그레고르는 부모의 선견지명을 잃지 않았다.

Il a fallu que quelqu'un arrête le représentant autorisé.

누군가는 권한 있는 대리인을 막아야 했다.

Il allait devoir le calmer et le convaincre.

그는 그를 진정시키고 설득해야 했다.

L'avenir de Gregor et de sa famille en dépendait !

그레고르와 그의 가족의 미래가 그것에 달려 있었다!

Si seulement sa sœur intelligente avait été là pour l'aider.

똑똑한 여동생이 여기 있었더라면 도와줬을 텐데.

Elle avait déjà pleuré alors que Gregor était encore dans sa chambre.

그녀는 그레고르가 아직 방에 있을 때 이미 울고 있었다.

À ce moment-là, il était simplement allongé tranquillement sur le dos.

그때 그는 그저 등을 대고 조용히 누워 있었다.

Elle connaissait déjà l'importance de la situation à ce moment-là.

그녀는 그때 이미 상황의 중요성을 알고 있었다.

Le directeur était connu pour avoir un faible pour les femmes.

그 매니저는 여자를 유난히 좋아하는 것으로 유명했다.

Elle aurait facilement pu le persuader de rester plus longtemps.

그녀는 그를 설득해서 더 오래 머물게 할 수도 있었을 것이다.

Elle aurait fermé la porte et l'aurait fait rentrer.

그녀는 문을 닫고 그를 안으로 다시 안내했을 것이다.

Mais malheureusement, sa sœur était partie chercher un médecin.

하지만 안타깝게도 여동생은 의사를 부르러 간 상태였습니다.

Gregor n'avait donc pas d'autre choix que de le faire lui-même.

그러므로 그레고르는 직접 나서서 해결할 수밖에 없었다.

Il n'avait pas réfléchi à quelles étaient réellement ses capacités.

그는 자신의 실제 능력이 무엇인지 생각해 본 적이 없었다.

Et il avait oublié de se méfier de sa capacité à parler.

그리고 그는 자신의 말하는 능력을 불신하는 것을 잊어버렸다.

Mais il a néanmoins quitté la sécurité de sa chambre.

하지만 그럼에도 불구하고 그는 안전한 방을 떠났다.

Et il se faufila par l'ouverture de la pièce.

그는 방 입구를 통해 몸을 밀어 넣었다.

Le directeur était déjà en train de descendre les escaliers.

매니저는 이미 계단을 내려가고 있었다.

Mais il s'accrochait à la rambarde à deux mains.

하지만 그는 두 손으로 난간을 꽉 잡고 있었다.

Gregor tomba en se poussant à travers la porte.

그레고르는 문을 밀고 들어가려다 넘어졌다.

Il laissa échapper un petit cri en cherchant un appui.

그는 몸을 지탱하려고 손을 움켜쥐며 작은 비명을 질렀다.

Mais au lieu de paniquer, il a ressenti un bien-être physique.

하지만 그는 공황 상태에 빠지기보다는 오히려 신체적인
안녕감을 느꼈다.

Pour la première fois ce matin-là, quelque chose semblait juste.

그날 아침 처음으로 뭔가 제대로 된 것 같은 느낌이 들었다.

Il avait désormais toutes les jambes bien ancrées au sol.

이제 그의 모든 다리는 단단한 땅에 닿아 있었다.

Il était surpris de constater à quel point il contrôlait bien ses jambes.

그는 자신이 다리를 생각보다 잘 제어할 수 있다는 사실에 놀랐다.

Il était heureux de constater que ses jambes lui obéissaient parfaitement.

그는 자신의 다리가 완전히 자신의 말을 따르는 것을 확인하고
기뻤다.

En réalité, ses jambes le portaient partout où il le voulait.

사실 그의 다리는 그가 원하는 곳 어디든 데려다주었다.

Bientôt, tous ses chagrins allaient prendre fin.

머지않아 그의 모든 슬픔은 끝날 운명이었다.

Mais au même moment, sa propre mère se leva d'un bond.

그런데 바로 그 순간 그의 어머니가 벌떡 일어섰다.

Ses bras étaient tendus et ses doigts écartés.

그녀는 팔을 쭉 뻗고 손가락을 펼쳤다.

Et elle s'est écriée : « Au secours ! Au nom de Dieu, que quelqu'un m'aide ! »

그러자 그녀는 "도와주세요, 제발 누가 좀 도와주세요!"라고
외쳤다.

Elle inclina la tête ; elle voulait mieux voir Gregor.

그녀는 고개를 갸우뚱거렸다. 그레고르를 더 자세히 보고 싶었기
때문이다.

**Mais contrairement à sa première action, elle est revenue en
courant.**

하지만 첫 번째 행동과는 반대로 그녀는 되돌아갔다.

Elle avait oublié que la table était mise derrière elle.

그녀는 식탁이 자기 뒤에 차려져 있다는 사실을 잊고 있었다.

**Tout ce qui était prévu pour le petit-déjeuner était encore sur
la table.**

아침 식사 재료들이 모두 테이블 위에 그대로 놓여 있었다.

Elle s'assit précipitamment sur la table, comme distraite.

그녀는 마치 정신이 팔린 듯 황급히 테이블에 앉았다.

Et elle n'a pas semblé remarquer le café renversé.

그리고 그녀는 쏟아진 커피를 알아차리지 못한 것 같았다.

Le café était maintenant en train d'imbiber la moquette.

커피가 카펫에 스며들고 있었다.

**« Maman, maman », dit doucement Gregor en levant les
yeux vers elle.**

"엄마, 엄마," 그레고르는 어머니를 올려다보며 나지막이 말했다.

Pour le moment, le manager ne lui importait pas.

당분간 매니저는 그에게 중요한 존재가 아니었다.

Mais il y avait aussi le café qui coulait sur la moquette.

하지만 카펫에 커피가 떨어지고 있었어요.

**Gregor n'a pas pu s'empêcher de claquer des dents devant le
café.**

그레고르는 참지 못하고 커피를 향해 입을 쩍 벌렸다.

La mère se remit à pleurer à cause de son comportement.

어머니는 그의 행동 때문에 다시 울기 시작했다.

Elle a sauté de la table pour prendre ses distances avec lui.

그녀는 그와 거리를 두기 위해 테이블에서 뛰어내렸다.

Et elle s'est réfugiée dans les bras de son père.

그녀는 안전을 위해 아버지의 품으로 달려갔다.

Mais Gregor n'avait plus de temps à consacrer à ses parents.

하지만 그레고르는 이제 부모님을 위해 시간을 낼 여유가 없었다.

L'agent habilité se trouvait déjà dans l'escalier.

담당자는 이미 계단에 서 있었다.

Il avait le menton appuyé sur la rambarde, pour regarder à l'intérieur de la maison.

그는 난간에 턱을 괴고 집 안을 들여다보고 있었다.

Apparemment, il voulait jeter un dernier coup d'œil au spectacle.

아무래도 그는 그 광경을 마지막으로 한 번 더 보고 싶었던 것 같다.

Et Gregor fit un dernier effort pour joindre le directeur.

그리고 그레고르는 매니저에게 연락하기 위해 마지막 노력을 기울였다.

Il courut vers la porte aussi prudemment qu'il le put.

그는 최대한 조심스럽게 문 쪽으로 달려갔다.

Mais le chef de bureau devait se douter de quelque chose.

하지만 수석 서기는 뭔가 수상한 점을 눈치챘을 것이다.

Parce qu'il a descendu quelques marches et a disparu.

그는 계단 몇 개를 뛰어내려 사라졌기 때문입니다.

« Hein ! » s'écria Gregor, sa voix résonnant dans la cage d'escalier.

"흥!" 그레고르가 계단 통로에 울려 퍼지도록 소리쳤다.

La fuite du manager sembla également déconcerter son père.

매니저의 탈출은 그의 아버지에게도 혼란을 준 것 같았다.

Jusque-là, il était parvenu à garder son calme.

그는 그때까지 상당히 침착함을 유지해왔다.

Mais malheureusement, lui aussi a perdu le sang-froid qu'il avait eu.

하지만 안타깝게도 그 역시 그동안 유지해왔던 평정심을 잃었습니다.

Il aurait dû aider Gregor dans sa quête.

그가 했어야 할 일은 그레고르의 추적을 돕는 것이었다.

Mais, d'une main, il saisit la canne du directeur.

하지만 그는 한 손으로 매니저의 지팡이를 움켜잡았다.

Et dans l'autre main, il tenait maintenant un journal.

그리고 다른 한 손에는 신문을 들고 있었다.

Et il entravait désormais directement Gregor dans sa poursuite.

그리고 그는 이제 그레고르의 추적을 직접적으로 방해했다.

Il s'était placé entre Gregor et la rue.

그는 그레고르와 거리 사이에 몸을 던졌다.

Il tapa du pied et agita le bâton et le journal.

그는 발을 구르고 막대기와 신문을 흔들었다.

Et il forçait activement Gregor à retourner dans sa chambre.

그리고 그는 적극적으로 그레고르를 그의 방으로 다시 밀어 넣고 있었다.

Aucune des demandes formulées par Gregor n'a été utile.

그레고르가 시도했던 어떤 요청도 소용이 없었다.

Parce qu'aucune de ses demandes n'a été comprise.

그가 했던 요청들은 하나도 이해받지 못했기 때문입니다.

Il tourna la tête vers un angle plus profond et plus humble.

그는 고개를 더 깊고 겸손한 각도로 돌렸다.

Mais son père répondit en tapant du pied encore plus fort.

하지만 그의 아버지는 더욱 세게 발을 구르며 화답했다.

La mère ouvrit une fenêtre, malgré la fraîcheur ambiante.

어머니는 서늘한 날씨에도 불구하고 창문을 열었다.

Et elle enfouit son visage dans ses mains froides.

그녀는 추위에 얼굴을 두 손으로 감쌌다.

Le vent pouvait désormais traverser tout l'appartement.

이제 바람이 아파트 전체를 통과할 수 있었다.

Un fort courant d'air soufflait de l'escalier vers la ruelle.

계단에서 골목으로 강한 바람이 불어왔다.

Les rideaux claquaient sous l'effet du vent violent.

강한 바람에 커튼이 펄럭였다.

Et le journal posé sur la table bruissait dans le vent.

그리고 탁자 위의 신문이 바람에 바스락거렸다.

Même des feuilles ont été soufflées à l'intérieur de la maison depuis l'extérieur.

심지어 바깥에서 나뭇잎들이 집 안으로 날아들어오기도
했습니다.

Le père tapa du pied et poussa sans relâche.

아버지는 발을 구르며 쉴 새 없이 밀었다.

Et il sifflait et émettait des bruits comme un homme sauvage.

그는 마치 야생인처럼 쉿쉿거리고 이상한 소리를 냈다.

Mais Gregor ne s'était pas encore entraîné à marcher à reculons.

하지만 그레고르는 아직 뒤로 걷는 연습을 해보지 않았다.

Même Gregor admettrait que ce mouvement était beaucoup plus lent.

그레고르조차도 이 움직임이 훨씬 느리다는 것을 인정할 것이다.

Tout ce qu'il souhaitait, c'était avoir la possibilité de faire demi-tour.

그가 원했던 건 단지 상황을 반전시킬 기회뿐이었다.

Il serait alors allé directement dans sa chambre.

그랬다면 그는 곧바로 자기 방으로 갔을 것이다.

Mais il avait trop peur d'impatienter son père.

하지만 그는 아버지를 조마조마하게 만들까 봐 너무 두려웠다.

Et il y avait la menace d'un coup de bâton.

그리고 막대기로 때릴지도 모른다는 위협이 있었다.

Un tel coup à l'arrière de la tête pourrait être fatal.

머리 뒤쪽에 그런 충격을 받으면 치명적일 수 있습니다.

Mais finalement, Gregor n'avait pas d'autre choix.

하지만 결국 그레고르에게는 다른 선택의 여지가 없었다.

Il s'est rendu compte qu'il ne pouvait même plus marcher droit à reculons.

그는 뒤로 똑바로 걷는 것조차 불가능하다는 것을 깨달았다.

Il commença à se retourner aussi vite qu'il le put.

그는 최대한 빨리 몸을 돌리기 시작했다.

Mais en réalité, ce mouvement de rotation était tout aussi lent.

하지만 실제로는 이러한 변화의 속도 또한 매우 느렸습니다.

Et il fut suivi des regards anxieux du père.

그리고 아버지의 걱정스러운 눈길이 그를 따라갔다.

Peut-être le père avait-il remarqué les bonnes intentions de Gregor.

어쩌면 아버지는 그레고르의 선의를 알아차렸을지도 모릅니다.

Parce qu'il ne l'a pas empêché de se retourner.

그가 몸을 돌리는 것을 방해하지 않았기 때문이다.

Il a même utilisé le bout de son bâton pour guider la rotation.

그는 심지어 막대기 끝을 이용해 회전 방향을 조절하기도 했다.

Mais Gregor aurait préféré que son père ne lui ait pas sifflé dessus !

하지만 그레고르는 아버지가 자신에게 쏘아붙이지 않았으면 하고 바랐다!

Le sifflement ne fit qu'ajouter à la confusion du moment.

쉿 소리는 그 순간의 혼란을 더욱 가중시켰다.

Puis il a commis une erreur et a tourné dans la mauvaise direction.

그런데 그는 실수를 해서 잘못된 방향으로 향했다.

Finalement, il a réussi à se tourner dans la bonne direction.

결국 그는 마침내 올바른 길을 찾을 수 있었다.

Et il était satisfait des progrès qu'il avait accomplis.

그리고 그는 자신이 이룬 진전에 만족했다.

Mais un autre problème est alors devenu encore plus évident.

하지만 그때 다음 문제가 더욱 분명해졌습니다.

Son corps était trop large pour passer facilement la porte.

그의 몸집이 너무 커서 문을 쉽게 통과할 수 없었다.

Dans son état actuel, le père ne s'en est pas aperçu.

아버지는 현재 상태에서 이를 알아차리지 못했습니다.

Il ne lui vint donc pas à l'esprit d'ouvrir davantage la porte.

그래서 그는 문을 더 열어야겠다는 생각을 하지 못했다.

Il y aurait alors eu suffisamment de place pour Gregor.

그랬다면 그레고르가 앉을 공간이 충분했을 것이다.

Sa seule priorité était de faire entrer Gregor dans sa chambre.

그의 최우선 과제는 그레고르를 방으로 데려가는 것이었다.

Il aurait dû se lever pour passer la porte.

그는 문을 통과하려면 일어서야 했을 것이다.

Mais le père n'aurait pas permis une telle manœuvre.

하지만 아버지는 그런 계략을 결코 용납하지 않았을 것이다.

En fait, il le sifflait encore plus sauvagement qu'avant.

사실 그는 전보다 훨씬 더 격렬하게 그에게 야유를 퍼부었다.

On aurait dit qu'il y avait plus d'un homme qui lui sifflait dessus.

그에게 쉿 소리를 내는 사람은 한 명 이상인 것 같았다.

Ses revendications semblaient revêtir une nouvelle urgence.

그의 요구에는 새로운 절박함이 묻어나는 듯했다.

Il n'y avait vraiment plus de temps à perdre.

이제 더 이상 시간을 낭비할 여유가 없었다.

Quoi qu'il arrive, Gregor devait franchir la porte.

무슨 일이 있더라도 그레고르는 그 문을 통과해야만 했다.

Il s'est imposé sans aucun égard pour lui-même.

그는 자신을 전혀 존중하지 않고 묵묵히 나아갔다.

Un côté de son corps fut projeté vers le haut par le mouvement.

움직임으로 인해 그의 몸 한쪽이 위로 솟구쳤다.

Et il était allongé de travers, maladroitement, dans l'embrasure de la porte.

그는 문간 사이에 어색하고 비뚤어진 자세로 누워 있었다.

Un de ses flancs était à vif à cause du frottement contre le bois.

그의 옆구리 한쪽이 나무에 쓸려 벗겨져 있었다.

Et il avait laissé des taches disgracieuses sur la porte peinte en blanc.

그리고 그는 하얗게 칠해진 문에 보기 흉한 얼룩을 남겼다.

Les jambes d'un de ses côtés pendaient en tremblant dans le vide.

그의 한쪽 다리가 허공에서 떨리며 매달려 있었다.

Ses autres jambes étaient douloureusement enfoncées dans le sol.

나머지 다리는 바닥에 고통스럽게 눌려 있었다.

Bientôt, il allait se retrouver complètement coincé entre la porte et le mur.

곧 그는 문 사이에 완전히 끼어버릴 것 같았다.

Et alors, il n'aurait plus pu bouger du tout.

그랬다면 그는 전혀 움직일 수 없었을 것이다.

Mais le père lui a donné une forte impulsion véritablement libératrice.

하지만 아버지는 그에게 진정으로 해방감을 주는 강한 자극을 주었다.

Et il tomba, ensanglanté, loin dans sa chambre.

그는 피를 심하게 흘리며 방 안으로 쓰러졌다.

Le père claqua la porte derrière lui avec sa canne.

아버지는 지팡이로 문을 쾅 닫고 나갔다.

Et puis, enfin, le calme et la tranquillité revinrent.

그리고 나니 마침내 다시 평화롭고 조용한 시간이 찾아왔습니다.

Deuxième partie
2부

Gregor ne s'est réveillé que bien plus tard dans la journée.

그레고르는 한참 후에야 잠에서 깼다.

Le crépuscule était tombé ; il avait dormi profondément, inconsciemment.

날이 저물었고, 그는 깊고 무의식적인 잠에 빠져 있었다.

Il se serait réveillé même sans avoir été dérangé.

그는 방해받지 않았더라도 잠에서 깼을 것이다.

Parce qu'il se sentait suffisamment reposé et avait bien dormi.

그는 충분히 휴식을 취하고 숙면을 취했다고 느꼈기 때문입니다.

Mais il crut entendre quelques pas furtifs à l'extérieur.

하지만 그는 바깥에서 순간적으로 발소리가 들리는 것 같았다.

Et quelqu'un aurait pu refermer soigneusement la porte d'entrée.

그리고 누군가가 현관문을 조심스럽게 닫았을지도 모릅니다.

La lumière du tramway électrique se projetait faiblement au plafond.

전차의 불빛이 천장에 희미하게 비쳤다.

Le dessus du meuble a également reçu un peu de lumière.

가구 윗부분에도 약간의 빛이 들어왔다.

Mais en bas, au niveau de Gregor, il faisait sombre.

하지만 땅 위, 그레고르의 눈높이에서는 어두웠습니다.

Ses jambes le poussèrent lentement de nouveau vers la porte.

그의 다리는 천천히 그를 다시 문 쪽으로 밀어붙였다.

Il était très curieux de voir ce qui s'était passé là-bas.

그는 그곳에서 무슨 일이 일어났는지 매우 궁금했다.

Mais le contrôle de ses antennes n'était pas encore développé.

하지만 그는 아직 촉각을 제어하는 능력이 발달하지 않았다.

Bien qu'il ait commencé à apprécier ces nouveaux capteurs.

그는 이러한 새로운 센서들을 점차 높이 평가하기 시작했다.

Une longue et disgracieuse cicatrice semblait lui barrer le flanc gauche.

그의 왼쪽 옆구리에는 길고 보기 흉한 흉터가 나 있는 듯했다.

La cicatrice lui donnait l'impression de contracter ce côté de son corps.

흉터 때문에 몸의 그 부분이 조여드는 느낌이 들었다.

Il devait donc littéralement boiter en s'appuyant sur ses deux rangées de pattes.

그래서 그는 두 줄로 된 다리로 절뚝거리며 걸어야 했습니다.

L'une de ses jambes avait été grièvement blessée ce matin-là.

그는 그날 아침 다리 한쪽에 심각한 부상을 입었다.

C'était vraiment un miracle qu'il ne se soit pas cassé plus de jambes.

그가 다리를 더 부러뜨리지 않은 건 정말 기적이었다.

Et il traîna donc sa jambe blessée, inerte, derrière lui.

그래서 그는 다친 다리를 힘없이 질질 끌면서 걸어갔다.

Lorsqu'il atteignit la porte, il réalisa quelque chose de profond.

문에 다다랐을 때 그는 심오한 사실을 깨달았다.

C'était l'odeur de quelque chose qui l'avait attiré là.

그를 그곳으로 이끈 것은 무언가의 냄새였다.

Quelque chose de comestible avait été laissé pour Gregor dans sa chambre.

그레고르의 방에 먹을 것이 조금 놓여 있었다.

Des morceaux de pain blanc flottant dans un bol de lait sucré.

달콤한 우유 한 그릇에 흰 빵 조각들이 둥둥 떠다니고 있다.

Il pouvait à peine contenir la joie qui l'habitait.

그는 마음속에 솟아오르는 기쁨을 주체할 수 없었다.

Il avait encore plus faim maintenant que le matin.

그는 아침보다 지금 훨씬 더 배가 고팠다.

Il plongea aussitôt la tête dans le bol de lait.

그는 곧바로 우유 그릇에 머리를 담갔다.

Le lait lui recouvrait presque toute la tête, jusqu'aux yeux.

우유가 그의 머리 거의 전체, 눈까지 차올랐다.

Mais il a rapidement retiré sa tête, amèrement déçu.

하지만 그는 곧 몹시 실망한 표정으로 고개를 뒤로 젖혔다.

L'alimentation était difficile en raison de la fragilité de son côté gauche.

왼쪽 몸이 약해서 식사하는 데 어려움을 겪었다.

Et il ne pouvait manger qu'en haletant de tout son corps.

그는 온몸으로 헐떡거리며 숨을 몰아쉬어야만 음식을 먹을 수 있었다.

Mais ce n'était pas la véritable raison de sa déception.

하지만 그것이 그의 실망의 진짜 이유는 아니었다.

Le lait avait toujours été l'un de ses plats préférés.

우유는 언제나 그가 가장 좋아하는 음식 중 하나였다.

Il ne doutait pas que sa sœur s'en souvenait.

그는 여동생이 이 일을 기억하고 있을 거라고 확신했다.

Et c'est pour cela qu'elle lui avait donné du lait.

그것이 바로 그녀가 그에게 우유를 준 이유였다.

Il n'a pas su expliquer pourquoi il n'aimait plus le lait.

그는 자신이 왜 이제 우유를 싫어하게 되었는지 설명할 수 없었다.

Et il se détourna du bol presque à contrecœur.

그는 마치 마지못해 하는 듯이 그릇에서 고개를 돌렸다.

Déçu, il retourna en rampant au milieu de la pièce.

실망한 그는 방 한가운데로 기어갔다.

De là, il pouvait voir à travers la fente de la porte.

그는 문틈으로 안을 들여다볼 수 있었다.

Il pouvait voir que le feu était allumé dans le salon.

그는 거실에 불이 붙어 있는 것을 볼 수 있었다.

Habituellement, à cette heure-ci, le père lisait le journal.

보통 이 시간에 아버지는 신문을 읽으셨다.

Il avait toujours l'habitude de lire à sa mère à voix haute.

그는 항상 어머니에게 큰 소리로 책을 읽어주곤 했다.

Parfois, la sœur écoutait aussi les conversations du père.

때때로 여동생도 아버지의 대화를 엿듣곤 했다.

Elle avait toujours parlé à Gregor de ces lectures à voix haute.

그녀는 항상 그레고르에게 이 낭독에 대해 이야기해 주곤 했다.

Mais aujourd'hui, aucun son ne provenait de la pièce.

하지만 오늘은 그 방에서 아무 소리도 들리지 않았다.

Peut-être cette habitude s'était-elle déjà perdue.

어쩌면 이 습관은 이미 사라졌을지도 모른다.

Un silence profond s'était installé dans tout l'appartement.

아파트 전체에 깊은 정적이 감돌았다.

Bien qu'il sût que l'appartement n'était certainement pas vide.

그는 아파트가 비어있지 않다는 것을 확실히 알고 있었다.

« Quelle vie tranquille mène cette famille », pensa Gregor.

"그 가족은 참 조용한 삶을 살았군." 그레고르는 생각했다.

Et il fixa l'obscurité avec une grande fierté.

그는 큰 자부심을 품고 어둠 속을 응시했다.

Il était fier de la vie qu'il avait pu leur offrir.

그는 자신이 그들에게 줄 수 있었던 삶에 자부심을 느꼈다.

Il était fier du bel appartement qu'ils occupaient.

그는 그들이 살고 있는 아름다운 아파트를 자랑스러워했다.

Mais cette paix était-elle sur le point de connaître une fin tragique ?

하지만 이 모든 평화는 끔찍한 종말을 맞이하게 될까요?

Allait-on leur ravir leur prospérité ?

그들의 번영은 빼앗길 위기에 처한 것일까?

Leur bonheur était-il désormais incertain pour l'avenir ?

그들의 미래에 대한 만족감은 이제 불확실해진 것일까?

Mais il ne voulait pas se perdre dans de telles pensées.

하지만 그는 그런 생각에 빠지고 싶지 않았다.

Pour s'occuper, il grimpait et descendait les murs.

심심하지 않으려고 그는 벽을 기어올랐다.

Durant cette longue soirée, une porte était entrouverte.

긴 저녁 시간 동안 문 하나가 살짝 열려 있었다.

Et à un autre moment, l'autre porte s'ouvrit légèrement.

그리고 또 다른 때, 다른 문이 조금 열렸습니다.

Mais à chaque fois, les portes se sont refermées aussitôt.

하지만 두 번 모두 문은 금세 다시 닫혔습니다.

De toute évidence, quelqu'un à l'extérieur souhaitait entrer.

분명히 외부의 누군가가 안으로 들어오고 싶어했던 것 같다.

Mais ils avaient aussi trop d'inquiétudes à l'idée de venir.

하지만 그들은 입국에 대해 너무 많은 우려를 가지고 있었습니다.

Gregor s'arrêta alors net devant la porte du salon.

그레고르는 거실 문 바로 앞에서 멈춰 섰다.

Il était déterminé à trouver un moyen de tenter le visiteur hésitant.

그는 어떻게든 망설이는 방문객의 마음을 사로잡기로 마음먹었다.

Il voulait aussi savoir qui était le visiteur.

그리고 그는 방문객이 누구였는지도 알고 싶어했습니다.

Mais ce soir-là, la porte ne fut pas ouverte une troisième fois.

하지만 그날 저녁, 문은 세 번째로 열리지 않았다.

Et Gregor passa son temps à attendre en vain près de la porte.

그레고르는 문 앞에서 헛되이 시간을 보냈다.

Plus tôt dans la journée, ils avaient tous voulu entrer dans la pièce.

그날 아침 그들은 모두 그 방에 들어오고 싶어했어요.

Maintenant que les portes étaient déverrouillées, ce serait plus facile pour eux.

이제 문이 열렸으니 그들에게는 더 쉬워질 것이다.

Mais ils ont choisi de rester de l'autre côté de la pièce.

하지만 그들은 방 반대편에 머물기로 했습니다.

Gregor remarqua que les clés n'étaient plus dans leurs serrures.

그레고르는 열쇠가 자물쇠에 더 이상 없다는 것을 알아차렸다.

Quelqu'un a dû déplacer les clés vers la serrure extérieure.

누군가 열쇠를 외부 자물쇠로 옮겨 놓았나 봐요.

Ce n'est que tard dans la nuit que la lumière du salon était éteinte.

한밤중에야 거실 불이 꺼졌다.

La famille a dû rester éveillée tout ce temps.

그 가족은 그 시간 내내 깨어 있었던 게 분명해.

Et Gregor pouvait clairement les entendre s'éloigner sur la pointe des pieds.

그리고 그레고르는 그들이 발소리를 죽이며 멀어지는 소리를 분명히 들을 수 있었다.

Désormais, personne n'allait venir voir Gregor avant le lendemain matin.

이제 아침이 될 때까지 아무도 그레고르에게 오지 않을 것이다.

Il eut donc tout le temps d'être seul, de réfléchir en toute tranquillité.

그래서 그는 방해받지 않고 생각할 수 있는 긴 시간을 갖게 되었다.

Quelle serait la meilleure façon de réorganiser sa vie maintenant ?

지금 그의 삶을 재정비하는 가장 좋은 방법은 무엇일까요?

Mais les hauts murs de la pièce vide l'effrayaient.

하지만 텅 빈 방의 높은 벽이 그를 겁먹게 했다.

Il n'avait pas d'autre choix que de s'allonger à plat ventre sur le sol.

그는 어쩔 수 없이 땅바닥에 엎드려야 했다.

Et il n'a jamais trouvé la cause de sa peur dans cet espace.

그리고 그는 그 공간에서 자신의 두려움의 원인을 결코 찾지 못했다.

C'était la même pièce où il avait vécu pendant cinq ans.

그가 5년 동안 살았던 바로 그 방이었다.

Semi-consciemment, il fit un mouvement vers le canapé.

그는 무의식적으로 소파 쪽으로 몸을 움직였다.

Et sans aucune honte, il se cacha sous le canapé.

그는 조금도 부끄러워하지 않고 소파 밑으로 숨었다.

Là-bas, il se sentit immédiatement de nouveau très à l'aise.

그곳에 내려가자마자 그는 곧바로 다시 아주 편안함을 느꼈다.

Bien que son dos soit un peu comprimé.

등이 약간 눌렸음에도 불구하고.

Il ne pouvait plus non plus lever la tête sous le canapé.

그는 더 이상 소파 밑으로 머리를 내밀 수도 없었다.

Mais même cela, il préférait éviter de se trouver dans un espace ouvert.

하지만 그는 탁 트인 공간에 있는 것보다는 이런 곳을 더 좋아했다.

Il regrettait toutefois que son corps soit si large.

하지만 그는 자신의 체격이 너무 큰 것을 후회했다.

Le canapé ne pouvait pas recouvrir entièrement son corps.

소파는 그의 몸 전체를 완전히 가릴 수 없었다.

Il est resté sous le canapé toute la nuit.

그는 밤새도록 소파 밑에 숨어 있었다.

Il passa la nuit à moitié endormi, troublé par sa faim.

그는 그날 밤 배고픔에 잠을 설치며 반쯤 잠든 채로 보냈다.

Et le temps qu'il passait éveillé, il le consacrait soit à s'inquiéter, soit à espérer.

그는 깨어 있는 시간을 걱정하거나 희망에 차서 보냈다.

Mais tous ses vagues espoirs menaient à la même conclusion.

하지만 그의 막연한 희망은 모두 같은 결론으로 귀결되었다.

Il n'avait d'autre choix que de rester silencieux pour le moment.

그는 당분간 침묵을 지킬 수밖에 없었다.

Il devait faire preuve de patience et de considération envers la famille.

그는 가족에게 인내심과 배려심을 보여야 했다.

C'était le seul moyen de rendre ce désagrément supportable.

그 불편함을 견딜 수 있게 해주는 유일한 방법이었다.

Le désagrément qu'il imposait désormais à la famille.

그가 이제 가족에게 강요하고 있는 불편함.

Il n'a pas eu à attendre longtemps pour prouver sa compassion.

그는 자신의 자비심을 증명하기 위해 오래 기다릴 필요가 없었다.

Tôt le matin, sa sœur jeta un coup d'œil dans sa chambre.

이른 아침, 여동생은 그의 방을 들여다보았다.

En réalité, c'était autant la nuit que le matin.

사실 그때는 아침이기도 하고 밤이기도 했다.

Elle était entièrement habillée et semblait éprouver de l'excitation.

그녀는 옷을 완전히 차려입었고, 들뜬 기색을 보였다.

La solidité de sa décision nouvellement prise pourrait être mise à l'épreuve.

그가 새롭게 내린 결정의 타당성이 시험대에 오를 수 있다.

Elle ne l'a pas immédiatement repéré au premier coup d'œil.

그녀는 처음 훑어봤을 때 그를 바로 찾지 못했다.

Il devait forcément être quelque part ; il n'aurait pas pu s'envoler.

그는 분명 어딘가에 있었을 거예요. 날아가 버렸을 리는 없어요.

Puis son regard parcourut une seconde fois la pièce.

하지만 그때 그녀의 눈은 방 안을 다시 한번 훑어보았다.

Et cette fois, elle a aperçu son torse sous le canapé.

이번에는 그녀가 소파 밑에 있는 그의 몸통을 발견했다.

Elle était si effrayée qu'elle a perdu tout contrôle d'elle-même.

그녀는 너무 무서워서 자제력을 완전히 잃었다.

Et sa première réaction fut de claquer la porte à nouveau.

그녀의 첫 반응은 문을 다시 쾅 닫는 것이었다.

Mais elle a aussi semblé immédiatement regretter son comportement.

하지만 그녀는 자신의 행동을 즉시 후회하는 듯 보였다.

Aussitôt qu'elle eut claqué la porte, elle la rouvrit.

그녀는 문을 쾅 닫자마자 다시 열었다.

Et cette fois, elle entra dans la pièce sur la pointe des pieds.

이번에는 그녀가 살금살금 방으로 들어왔다.

Elle se déplaçait comme si elle rendait visite à une personne gravement malade.

그녀는 마치 중병에 걸린 사람을 병문안하는 것처럼 움직였다.

Ou bien elle rendait visite à un parfait inconnu.

혹은 그녀는 전혀 모르는 사람을 방문했을 수도 있다.

Gregor poussa sa tête presque jusqu'au bord du canapé.

그레고르는 머리를 소파 가장자리까지 거의 밀어붙였다.

Et, caché sous le coffre-fort, il l'observait dans la pièce.

그리고 그는 금고 아래에서 방 안의 그녀를 지켜보았다.

Allait-elle remarquer qu'il avait oublié le lait ?

그녀는 그가 우유를 두고 간 것을 알아챌까?

Il n'avait pas laissé le lait par manque de faim.

그가 우유를 남겨둔 것은 배가 고프지 않아서가 아니었다.

Allait-elle lui apporter un autre plat ?

그녀는 그에게 다른 음식을 가져다줄 생각이었을까요?

Peut-être un plat qui corresponde mieux à ses goûts.

어쩌면 그의 입맛에 더 잘 맞는 음식이었을지도 모릅니다.

Mais elle aurait dû remarquer elle-même son appétit.

하지만 그녀가 직접 그의 식욕을 알아차렸어야 했을 것이다.

Il aurait préféré mourir de faim plutôt que de lui en parler.

그는 그녀에게 자신의 사실을 알리느니 차라리 굶어 죽는 쪽을 택했다.

En réalité, il aurait beaucoup aimé le lui dire.

사실 그는 그녀에게 말하고 싶어 안달이 났었다.

Il était vraiment tenté de tirer sur lui depuis sous le canapé.

그는 소파 밑에서 뛰쳐나와 총을 쏘고 싶은 충동을 정말로 느꼈다.

Il avait envie de se jeter aux pieds de sa sœur.

그는 여동생의 발치에 엎드리고 싶었다.

Et il voulait lui demander quelque chose de bon à manger.

그는 그녀에게 맛있는 음식을 좀 달라고 부탁하고 싶었다.

Mais la sœur regarda alors le bol de lait.

그런데 그때 여동생은 우유 그릇을 바라보았다.

Elle remarqua aussitôt que le bol était encore plein.

그녀는 그릇이 여전히 가득 차 있다는 것을 즉시 알아차렸다.

Elle était plutôt surprise que Gregor n'ait rien mangé.

그녀는 그레고르가 아무것도 먹지 않았다는 사실에 다소 놀랐다.

Seul un peu de lait avait été renversé sur le sol.

바닥에 우유가 조금 쏟아졌을 뿐이었다.

Elle a aussitôt ramassé le bol et l'a emporté.

그녀는 즉시 그릇을 집어 들고 밖으로 나갔다.

Il vit qu'elle ne ramassait pas le bol à mains nues.

그는 그녀가 맨손으로 그릇을 들지 않는 것을 보았다.

Au lieu de cela, elle ramassa le bol à l'aide d'un des chiffons.

그녀는 대신 헝겊 조각 중 하나를 이용해 그릇을 집어 들었다.

Mais Gregor oublia très vite ce petit détail.

하지만 그레고르는 이 사소한 사실을 금세 잊어버렸다.

Il était désormais beaucoup plus enthousiaste à propos d'autre chose.

그는 이제 다른 일에 훨씬 더 흥분해 있었다.

Qu'est-ce qu'elle pourrait apporter à la place du lait ?

그녀는 우유 대신 무엇을 가져올까요?

Il avait diverses idées sur ce qu'elle pourrait apporter.

그는 그녀가 무엇을 가져올지 여러 가지 생각을 했다.

Mais la gentillesse de sa sœur a dépassé ses espérances.

하지만 그의 여동생의 친절은 그의 예상을 뛰어넘었다.

Elle comprit qu'elle devait tester ses nouveaux goûts.

그녀는 그의 새로운 취향이 무엇인지 알아봐야 한다는 것을 깨달았다.

Elle a donc apporté toute une sélection de plats différents.

그래서 그녀는 온갖 종류의 음식을 가져왔어요.

Légumes à moitié pourris, os du repas du soir.

반쯤 썩은 야채와 저녁 식사 후 남은 뼈들.

De la sauce solidifiée provenant de leur autre repas.

그들이 먹었던 다른 음식의 소스가 굳어버린 것이었다.

Quelques raisins secs, des amandes, du pain sec, du pain beurré.

건포도 약간, 아몬드 약간, 마른 빵, 버터 바른 빵.

Du pain beurré et salé.

버터와 소금이 발라진 빵 몇 조각.

Du fromage que Gregor avait déclaré immangeable il y a deux jours.

그레고르가 이틀 전에 먹을 수 없다고 선언했던 치즈.

Toute cette sélection de nourriture était disposée sur un journal.

이 모든 음식들을 신문지 위에 올려놓았습니다.

Elle a également placé un bol d'eau à côté de ses repas.

그리고 그녀는 그의 식사 옆에 물 한 그릇을 놓아두었다.

Elle savait que Gregor n'aurait pas mangé devant elle.

그녀는 그레고르가 자신 앞에서 밥을 먹지 않을 거라는 걸 알고 있었다.

Par respect pour lui, elle quitta de nouveau la pièce.

그에 대한 존중의 표시로 그녀는 다시 방을 나갔다.

Et elle a même tourné la clé dans la serrure en partant.

그리고 그녀는 떠날 때 열쇠를 자물쇠에 돌려 넣기까지 했다.

Mais elle tourna la clé très doucement et avec précaution.

하지만 그녀는 아주 조용하고 조심스럽게 열쇠를 돌렸다.

De cette façon, seul Gregor saurait que la porte était verrouillée.

이렇게 하면 그레고르만 문이 잠겼다는 사실을 알게 될 것이다.

Il pouvait désormais s'installer aussi confortablement qu'il le souhaitait.

이제 그는 원하는 만큼 편안하게 지낼 수 있었다.

Les jambes de Gregor s'agitaient frénétiquement à l'heure du repas.

식사 시간이 되자 그레고르의 다리는 쉴 새 없이 움직였다.

Il est à noter qu'il ne ressentait plus aucune gêne.

주목할 만한 점은 그가 더 이상 불편함을 느끼지 않았다는 것이다.

Ses blessures doivent déjà être complètement guéries.

그의 상처는 이미 완전히 나았을 것이다.

Parce qu'il ne ressentait plus ses anciens handicaps.

그는 더 이상 이전의 장애를 느끼지 않았기 때문입니다.

Sa nouvelle capacité de guérison le surprit et l'émerveilla.

그에게 새로 생긴 치유 능력은 그 자신도 놀라게 하고 감탄하게 만들었다.

Il y a plus d'un mois, il s'est coupé le doigt avec un couteau.

한 달도 더 전에 그는 칼로 손가락을 베었다.

Il y a encore deux jours, cette blessure le faisait souffrir.

이틀 전까지만 해도 그 상처는 여전히 그를 아프게 했다.

« Suis-je beaucoup moins sensible maintenant ? » pensa-t-il.

"내가 이제 훨씬 덜 예민해진 걸까?" 그는 속으로 생각했다.

À ce moment-là, il suçait déjà goulûment le fromage.

그는 이미 치즈를 게걸스럽게 빨아먹고 있었다.

Il était plus attiré par le fromage que par les autres aliments.

그는 다른 음식들보다 치즈에 더 끌렸다.

Il mangeait rapidement un morceau de fromage après l'autre.

그는 치즈를 한 조각씩 빠르게 먹어 치웠다.

Ses yeux s'embuèrent de satisfaction à la vue de ce goût.

그 맛을 보고 만족감에 그의 눈에 눈물이 고였다.

Après le fromage, il mangea les légumes et la sauce.

치즈를 먹고 나서 그는 야채와 소스를 먹었다.

Cependant, les aliments frais ne lui plaisaient pas.

하지만 그 신선한 음식은 그의 입맛에 맞지 않았다.

En fait, il ne supportait même pas l'odeur des aliments frais.

사실 그는 갓 조리한 음식 냄새조차 견디지 못했다.

Il a même éloigné les autres aliments des aliments frais.

그는 심지어 다른 음식들을 신선한 음식에서 멀리 끌어냈습니다.

Et il a très vite terminé la nourriture la plus comestible.

그리고 그는 아주 빠르게 먹을 만한 음식을 다 먹어치웠다.

Tous ces mets délicieux avaient un effet soporifique sur lui.

맛있는 음식들이 그에게 졸음을 유발하는 효과를 주었다.

Et il s'allongea paresseusement à l'endroit où il avait mangé.

그는 자기가 밥을 먹었던 자리에 나른하게 누워 있었다.

Finalement, sa sœur est revenue prendre de ses nouvelles.

결국 그의 여동생이 다시 그를 확인하러 돌아왔다.

Elle a eu la prévoyance de tourner la clé très lentement.

그녀는 열쇠를 아주 천천히 돌릴 생각을 했다.

Cela a averti Gregor qu'il devait se retirer.

이로써 그레고르는 철수해야 한다는 경고를 받았다.

Étourdi et surpris, il se précipita sous le canapé.

어리둥절하고 깜짝 놀란 그는 서둘러 소파 밑으로 숨었다.

Mais rester sous le canapé n'était pas si facile cette fois-ci.

하지만 이번에는 소파 밑에 숨어 있는 게 그렇게 쉽지는

않았습니다.

Son corps s'était un peu arrondi à cause de toute cette nourriture.

그는 음식을 너무 많이 먹어서 몸이 약간 통통해졌다.

Et il devait se retenir pour ne pas s'épuiser à nouveau.

그리고 그는 다시 뛰쳐나가고 싶은 충동을 억눌러야 했다.

Même si la sœur n'est pas restée longtemps dans la chambre.

여동생은 방에 오래 머물지 않았지만.

Il avait du mal à respirer dans cet espace étroit.

그는 그 좁은 공간 아래에서 숨쉬기조차 힘들어했다.

Mais il a surmonté ces petites crises d'étouffement.

하지만 그는 잠깐씩 찾아오는 질식감을 이겨냈다.

Les yeux exorbités, il observait les agissements de sa sœur.

그는 눈을 크게 뜨고 여동생의 행동을 지켜보았다.

La sœur, sans se douter de rien, a tout versé dans un seau.

아무것도 모르는 여동생은 모든 것을 양동이에 쏟아부었다.

Elle s'est non seulement débarrassée de la nourriture que Gregor n'avait pas mangée, mais elle l'a fait.

그녀는 그레고르가 먹지 않은 음식을 버렸을 뿐만 아니라,

Mais elle jetait aussi la nourriture qu'il n'avait pas touchée.

하지만 그녀는 그가 손대지 않은 음식도 버렸다.

Apparemment, cet aliment n'était plus comestible pour personne.

그 음식은 이제 아무도 먹을 수 없게 된 것 같았다.

Elle referma ensuite le seau à nourriture avec un couvercle en bois.

그녀는 나무 뚜껑으로 음식 통을 닫았다.

Et avec la nourriture, le seau et la serpillière, elle est partie.

그리고 그녀는 음식과 양동이, 걸레를 챙겨 떠났다.

Gregor n'aurait pas pu attendre beaucoup plus longtemps.

그레고르는 더 이상 기다릴 수 없었을 것이다.

Dès qu'elle fut partie, il s'échappa de sous le canapé.

그녀가 나가자마자 그는 소파 밑에서 재빨리 빠져나왔다.

Il s'étira et souffla de soulagement.

그는 몸을 쭉 뻗고 안도의 한숨을 내쉬었다.

C'est ainsi que Gregor recevait de la nourriture de temps à autre.

그레고르는 이런 식으로 종종 음식을 구했습니다.

Sa sœur lui a donné à manger une fois, tôt le matin.

그의 누나가 이른 아침에 그에게 음식을 한 번 주었다.

À cette heure-ci, les parents et la bonne dormaient encore.

이 시간에 부모님과 가정부는 아직 잠들어 있었다.

Et il a reçu un deuxième repas après le déjeuner de tout le monde.

그리고 그는 다른 사람들이 점심을 먹은 후에 두 번째 식사를 받았습니다.

Car à ce moment-là, les parents dormaient aussi un peu.

그때 부모님도 잠시 주무셨기 때문입니다.

Et la servante fut envoyée par la sœur faire une course.

그리고 하녀는 언니의 심부름 때문에 어딘가로 보내졌다.

Ils n'avaient certainement aucune intention de laisser Gregor mourir de faim.

그들은 그레고르를 굶겨 죽일 의도는 전혀 없었다.

Mais ils n'auraient pas voulu le regarder manger non plus.

하지만 그들도 그가 밥 먹는 모습을 보고 싶어 하지는 않았을 것이다.

Les informations fournies par la sœur étaient suffisantes.

여동생이 말한 내용만으로도 충분한 정보였다.

C'était peut-être sa façon d'épargner aux parents leur chagrin.

어쩌면 그것은 부모님께 슬픔을 안겨드리지 않으려는 그녀의 방식이었을지도 모릅니다.

Ils avaient déjà suffisamment souffert de ses actes.

그들은 이미 그의 행동으로 충분히 고통받았다.

Le premier jour s'estompait peu à peu dans les mémoires.

첫날은 서서히 아득한 기억이 되어가고 있었다.

Gregor n'avait aucun moyen de savoir ce qui s'était passé ce jour-là.

그레고르는 그날 무슨 일이 일어났는지 알 길이 없었다.

Comment le serrurier a-t-il été conduit hors de l'appartement ?

열쇠공은 어떻게 아파트 밖으로 안내되었나요?

Quelles excuses ont finalement satisfait le médecin ?

의사는 결국 어떤 변명을 듣고 납득했습니까?

Il n'avait trouvé aucun moyen de se faire comprendre.

그는 자신을 이해시킬 방법을 찾지 못했다.

Il n'a même pas réussi à communiquer avec sa sœur.

그는 여동생과 연락조차 할 수 없었다.

Ils en conclurent donc qu'il ne pouvait pas les comprendre.

그래서 그들은 그가 자신들의 말을 이해하지 못한다고 생각했습니다.

C'est pourquoi aucun effort ne fut fait pour lui parler.

그래서 아무도 그에게 말을 걸려고 노력하지 않았습니다.

Sa sœur venait dans sa chambre tous les matins et à midi.

그의 여동생은 매일 아침과 점심에 그의 방으로 들어왔다.

Mais il devait se contenter d'entendre ses soupirs.

하지만 그는 그녀의 한숨 소리를 듣는 것으로 만족해야 했다.

Plus tard, elle s'est un peu plus habituée à la forme de Gregor.

나중에 그녀는 그레고르의 모습에 조금 더 익숙해졌다.

Et elle se sentait un peu plus libre de faire davantage de remarques.

그리고 그녀는 좀 더 자유롭게 의견을 말할 수 있다고 느꼈습니다.

(Même si elle ne s'y habituerait jamais complètement.)

(물론 그녀는 그에게 완전히 익숙해지지는 않았다.)

Et puis Gregor eut de nouveau l'impression qu'on lui parlait un peu plus.

그러자 그레고르는 다시 누군가에게 말을 걸어오는 듯한 느낌을 받았다.

Et il a perçu ce qu'il considérait comme des commentaires amicaux.

그리고 그는 자신이 우호적인 발언이라고 인식한 것들을 포착했습니다.

"Il a apprécié son repas aujourd'hui", ou "il a tout mangé".

"그는 오늘 음식을 맛있게 먹었다" 또는 "그는 남김없이 다 먹었다."

Mais cela n'arrivait que lorsqu'il avait fini de manger.

하지만 그건 그가 음식을 다 먹고 난 후에야 그랬다.

Mais récemment, cela devenait de plus en plus rare.

하지만 최근 들어 이런 일은 점점 드물어지고 있었습니다.

« Il touchait à peine à sa nourriture », disait-elle plus souvent maintenant.

"그는 음식을 거의 먹지 않았어요." 그녀는 이제 더 자주 그렇게 말했다.

Et il y avait une pointe de tristesse dans sa voix à chaque fois.

그녀의 목소리에는 매번 슬픔이 묻어났다.

Gregor ne pouvait entendre aucune autre nouvelle plus directement.

그레고르는 이보다 더 직접적으로 들을 수 있는 소식은 없었다.

Mais il a entendu beaucoup de choses se dire dans les pièces voisines.

하지만 그는 옆방에서 들려오는 많은 소식을 우연히 듣게 되었다.

Lorsqu'il a entendu des voix, il a couru vers la porte correspondante.

그는 목소리가 들리자 해당 문으로 달려갔다.

Et il a plaqué tout son corps contre la porte pour entendre.

그는 귀를 기울이기 위해 온몸을 문에 바짝 붙였다.

Toutes les conversations le concernaient d'une manière ou d'une autre.

모든 대화는 어떤 식으로든 그와 관련이 있었다.

Même lorsque le sujet semblait porter sur autre chose.

주제가 전혀 다른 것처럼 보일 때조차도.

Cette observation était particulièrement vraie au début.

이러한 관찰은 특히 초창기에 두드러졌습니다.

À chaque repas, ils répétaient la même discussion.

그들은 매 식사 시간마다 똑같은 이야기를 반복했다.

Ils ne savaient toujours pas comment se comporter en sa présence.

그들은 여전히 그에게 어떻게 행동해야 할지 확신하지 못했다.

Mais le même sujet a également été abordé entre les repas.

하지만 식사 시간 사이에도 같은 주제가 논의되었다.

Parce qu'il y avait toujours deux membres de la famille à la maison.

집에 항상 가족 구성원 두 명이 있었기 때문입니다.

Personne ne voulait rester seul à la maison.

아무도 혼자 집에 있고 싶어하지 않았다.

Mais laisser l'appartement vide était également hors de question.

하지만 아파트를 비워두는 것도 불가능한 일이었다.

La femme de ménage était la seule à ne pas être attachée à
l'appartement.

가정부는 아파트에 얽매이지 않은 유일한 사람이었다.

Elle avait déjà demandé à partir dès le premier jour.

그녀는 첫날부터 떠나겠다고 요청했었다.

Elle s'est agenouillée et a supplié qu'on la renvoie.

그녀는 무릎을 꿇고 해고해 달라고 애원했다.

La famille ignorait l'étendue des connaissances de la bonne.

가족들은 가정부가 실제로 얼마나 알고 있는지 몰랐다.

À ce stade, elle n'en avait pas vu plus que quiconque.

그 당시 그녀는 다른 사람들보다 더 많은 것을 본 것은 아니었다.

Ce qui s'était passé restait un mystère pour la famille.

무슨 일이 일어났는지는 가족들에게 여전히 미스터리였다.

Mais un quart d'heure plus tard, elle fit ses adieux.

하지만 15분 후 그녀는 작별 인사를 했다.

Et elle a remercié la famille, les larmes aux yeux.

그리고 그녀는 눈물을 글썽이며 가족들에게 감사를 표했습니다.

Mais en réalité, elle les remerciait de l'avoir libérée.

하지만 사실 그녀는 자신을 풀어준 것에 대해 그들에게 감사했다.

Ils semblaient lui avoir témoigné la plus grande
bienveillance.

그들은 그녀에게 지극한 친절을 베푼 것 같았다.

Elle a même prêté serment, sans qu'on le lui demande.

그녀는 요청받지도 않았는데 맹세까지 했다.

Elle a dit qu'elle ne dirait à personne ce qui s'était passé.

그녀는 일어난 일을 아무에게도 말하지 않겠다고 했다.

Désormais, la sœur devait cuisiner avec sa mère.

이제 여동생은 어머니와 함께 요리를 해야 했다.

Mais ce n'était pas vraiment un inconvénient majeur.

하지만 사실 이것은 그다지 큰 불편함은 아니었습니다.

Parce que de toute façon, ils n'avaient presque rien mangé
tous les deux.

어차피 그 둘은 거의 아무것도 안 먹었으니까.

Gregor surprenait sans cesse la même conversation.

그레고르는 똑같은 대화를 계속해서 엿듣게 되었다.

L'un disait à l'autre qu'il devait manger davantage.

한 사람이 다른 사람에게 더 많이 먹어야 한다고 말하고 있었다.

Mais cette personne n'a reçu aucune réponse de son interlocuteur.

하지만 그 사람은 상대방으로부터 아무런 답변도 받지 못했습니다.

« Merci, j'en ai assez », ou quelque chose de similaire.

"고맙습니다, 저는 충분합니다." 또는 이와 비슷한 말.

Peut-être qu'eux non plus ne buvaient plus rien.

어쩌면 그들도 더 이상 아무것도 마시지 않았을지도 몰라.

Sa sœur demandait souvent à son père s'il voulait de la bière.

여동생은 아버지에게 맥주를 드시고 싶냐고 자주 물었다.

Et elle a proposé chaleureusement d'aller chercher la bière elle-même.

그러자 그녀는 흔쾌히 직접 맥주를 가져다주겠다고 제안했다.

Le père gardait toujours le silence à sa demande.

아버지는 그녀의 요청에 항상 침묵을 지켰다.

La sœur devait donc trouver un moyen de dissiper tout doute.

그래서 여동생은 모든 의심을 없앨 방법을 찾아야 했다.

Et elle a dit qu'elle enverrait la bonne chercher de la bière.

그러자 그녀는 하녀를 시켜 맥주를 가져오게 하겠다고 말했다.

Mais finalement, le père a dit un grand « non » retentissant.

하지만 그때 아버지는 마침내 크고 우렁찬 목소리로 "안 돼"라고 말했다.

Puis, on n'a plus évoqué le fait qu'il boive une bière.

그러자 그가 맥주를 마셨다는 이야기는 더 이상 나오지 않았다.

Il avait déjà expliqué la situation financière auparavant.

그는 이미 전에 재정 상황에 대해 설명했었습니다.

En fait, il a évoqué les finances dès le premier jour.

사실 그는 첫날부터 재정 문제를 언급했습니다.

Il leur a bien fait comprendre quelles étaient les perspectives.

그는 그들에게 앞으로의 전망이 어떠한지 분명히 알려주었다.

Sa propre entreprise avait fait faillite il y a environ cinq ans.

그의 사업은 약 5년 전에 망했다.

De temps en temps, il se levait pour quitter la table.

그는 가끔씩 자리에서 일어나 테이블을 떠났다.

Et il se dirigea vers la caisse de son ancien commerce.

그리고 그는 예전에 일했던 가게의 계산대로 갔다.

Il avait conservé la caisse enregistreuse par sentimentalisme.

그는 감상적인 마음에 계산대를 버리지 않고 보관해 두었다.

Gregor l'entendit déverrouiller une serrure lourde et complexe.

그레고르는 그가 무겁고 복잡한 자물쇠를 푸는 소리를 들었다.

Et il sortit des reçus et des livres de comptes de la caisse.

그는 금전함에서 영수증과 장부를 꺼냈다.

Après avoir pris les objets, il a refermé la caisse à clé.

그는 물건들을 챙긴 후 다시 금고를 잠갔다.

Gregor n'avait entendu aucune bonne nouvelle depuis son emprisonnement.

그레고르는 투옥된 이후로 좋은 소식을 전혀 듣지 못했다.

Il pensait que l'entreprise avait ruiné son père.

그는 사업 때문에 아버지가 파산했다고 생각했다.

Le père avait certainement donné cette impression à Gregor.

아버지는 분명 그레고르에게 그런 인상을 주었다.

Et Gregor ne lui a plus jamais posé de questions sur les finances.

그리고 그레고르는 그에게 재정 문제에 대해 더 이상 묻지 않았다.

Gregor voulait faire tout son possible pour aider la famille.

그레고르는 그 가족을 돕기 위해 할 수 있는 모든 것을 하고
싶었다.

Il voulait les aider à oublier leurs difficultés financières.

그는 그들이 사업 실패를 잊도록 돕고 싶었다.

La faillite qui a engendré un désespoir total.

완전한 절망을 가져온 파산.

**Il s'est donc mis à travailler avec une passion toute
particulière.**

그래서 그는 아주 특별한 열정을 가지고 일을 시작했습니다.

**Il était devenu représentant de commerce itinérant presque
du jour au lendemain.**

그는 거의 하룻밤 사이에 순회 판매원이 되었다.

Avant cela, il n'avait travaillé que comme commis mal payé.

그 전에는 그는 그저 저임금 사무원으로 일했을 뿐이었다.

**Il avait désormais des opportunités de gains complètement
différentes.**

이제 그는 완전히 다른 수입 기회를 갖게 되었다.

**Les ventes réussies pouvaient être immédiatement
converties en liquidités.**

판매가 성공적으로 이루어지면 즉시 현금으로 전환될 수
있습니다.

L'argent étant bien sûr versé sur ses commissions.

물론 현금은 그의 수수료에서 지급되는 것입니다.

**Désormais, Gregor pouvait mettre de l'argent sur la table
familiale.**

이제 그레고르는 가족의 식탁에 돈을 올릴 수 있게 되었다.

Et ils étaient étonnés et ravis de ses gains.

그들은 그의 수입에 놀라면서도 기뻐했다.

Mais ces beaux moments ne se reproduiront plus.

하지만 그 아름다운 시절은 다시는 반복되지 않을 것이다.

Ils commençaient tout juste à s'habituer à cette période faste.

그들은 이제 막 이런 좋은 시절에 익숙해졌을 뿐이었다.

À chaque paie, la famille acceptait l'argent avec gratitude.

가족들은 월급날마다 감사하는 마음으로 돈을 받았습니다.

Et Gregor était tout aussi heureux de remettre l'argent.

그리고 그레고르 역시 기꺼이 돈을 건네주었습니다.

Mais la chaleureuse affection qu'elle suscitait en retour s'est peu à peu éteinte.

하지만 그에 대한 따뜻한 애정은 서서히 사라져 갔다.

Seule sa sœur restait aussi proche de Gregor qu'auparavant.

오직 그의 여동생만이 예전처럼 그레고르와 가까운 사이로 남았다.

Elle, contrairement à Gregor, avait une profonde appréciation pour la musique.

그녀는 그레고르와는 달리 음악에 대한 깊은 애정을 가지고 있었다.

Et elle savait jouer du violon d'une manière très touchante.

그리고 그녀는 바이올린을 아주 감동적으로 연주할 줄 알았습니다.

Gregor avait secrètement prévu de l'envoyer dans une école de musique.

그레고르는 몰래 그녀를 음악학교에 보낼 계획을 세웠다.

Il n'avait pas encore décidé comment il réglerait les dépenses.

그는 아직 경비를 어떻게 충당할지 결정하지 못했다.

Mais d'une manière ou d'une autre, il couvrirait les frais.

하지만 그는 어떻게든 비용을 부담할 것이다.

De temps en temps, Gregor et sa famille partaient en courts séjours.

그레고르와 가족들은 가끔 짧은 여행을 가곤 했습니다.

Gregor et sa sœur abordaient souvent ce sujet.

그레고르와 그의 여동생은 그 주제를 자주 꺼냈다.

Mais cela n'a jamais été évoqué que comme une idée merveilleuse.

하지만 그것은 그저 훌륭한 아이디어로만 언급되었을 뿐입니다.

Ils ne croyaient pas vraiment que ce rêve puisse se réaliser.

그들은 그 꿈이 실현될 수 있다고 진심으로 믿지 않았다.

Et les parents n'appréciaient pas de telles ambitions fantaisistes.

그리고 부모님은 그런 허황된 포부를 좋아하지 않으셨습니다.

Même lorsque le sujet a été abordé de manière tout à fait innocente.

아주 순수한 의도로 이야기가 나왔을 때조차도요.

Mais Gregor continuait de penser à l'école de musique.

하지만 그레고르는 계속해서 음악학교에 대해 생각했다.

Et il prévoyait d'annoncer le cadeau la veille de Noël.

그리고 그는 크리스마스 이브에 선물을 발표할 계획이었다.

Bien sûr, dans son état actuel, ce serait impossible.

물론 그의 현재 상태로는 불가능하겠죠.

Mais ce genre de pensées lui traversait l'esprit.

하지만 그런 생각들이 그의 머릿속을 스쳐 지나갔다.

Et telles étaient les pensées qui lui traversaient l'esprit en écoutant sa famille.

그는 가족들의 이야기를 들으면서 그런 생각들을 했다.

Parfois, il était trop fatigué pour continuer à les écouter.

때때로 그는 너무 지쳐서 그들의 말을 계속 듣는 것이 힘들었다.

Sa tête s'est affaissée contre la porte, rongée par la fatigue.

그는 피로에 지쳐 머리를 문에 기대었다.

Mais il appuya aussitôt de nouveau sa tête contre la porte.

하지만 그는 곧바로 다시 문에 머리를 기댔다.

Car même le moindre bruit s'entendait à l'extérieur.

아주 작은 소음이라도 밖에서 들렸기 때문입니다.

Et le moindre bruit qu'il faisait plongeait la famille dans le silence.

그가 어떤 소음을 내더라도 가족들은 모두 조용해졌다.

« Que fait-il maintenant ? » demanda le père à sa famille.

"지금 그는 뭘 하고 있나요?" 아버지가 가족에게 물었다.

Il alla à la porte pour vérifier d'où venait le bruit.

그는 무슨 소리인지 확인하려고 문으로 갔다.

Puis la conversation interrompue a repris progressivement.

그러자 중단되었던 대화가 서서히 다시 이어졌다.

Mais les paroles du père ont agréablement surpris tout le monde.

하지만 아버지가 한 말은 모두를 놀라게 했다.

Gregor apprit alors la véritable situation financière.

그레고르는 이제 재정 상황의 진정한 실체를 알게 되었다.

Malgré tous ces malheurs, il y a eu aussi un peu de chance.

온갖 불행에도 불구하고, 다행스러운 일도 있었다.

Une petite fortune d'antan était encore là.

옛날에 남겨진 아주 작은 재산이 아직 그곳에 있었다.

Le père a expliqué les choses, mais a dû se répéter.

아버지는 상황을 설명했지만, 같은 말을 반복해야 했습니다.

Parce qu'il ne s'était pas occupé de ces choses depuis un certain temps.

그가 한동안 이런 문제들을 처리하지 않았기 때문입니다.

Et parce que la mère ne comprenait pas de telles choses.

어머니는 그런 것들을 이해하지 못하셨기 때문입니다.

Les taux d'intérêt de la banque avaient légèrement augmenté.

은행 금리가 약간 올랐다.

L'argent non utilisé avait augmenté plus que prévu.

사용하지 않은 자금이 예상보다 더 늘어났다.

De plus, Gregor leur avait toujours donné ses économies.

게다가 그레고르는 항상 그들에게 자신의 저축금을 주었다.

Il n'avait jamais gardé que quelques florins pour lui-même.

그는 늘 자신을 위해 몇 길더밖에 남겨두지 않았다.

Et son argent n'avait pas été entièrement dépensé.

그리고 그의 돈도 아직 완전히 다 써버린 것은 아니었다.

Ensemble, ces sommes avaient constitué un petit capital.

이 돈이 모여 작은 자본금을 이루었다.

Gregor, derrière sa porte, hocha la tête avec enthousiasme à la nouvelle.

그레고르는 방문 뒤에서 그 소식에 고개를 끄덕이며 기뻐했다.

Il était ravi de cette prudence et de cette frugalité inattendues.

그는 이러한 예상치 못한 신중함과 검소함에 만족했다.

Les fonds excédentaires auraient pu servir à rembourser la dette.

잉여 자금은 부채 상환에 사용될 수 있었을 것이다.

Ils n'auraient alors plus rien dû au patron.

그러면 그들은 더 이상 사장에게 아무것도 빚지지 않았을 것이다.

Et Gregor aurait pu changer d'emploi bien plus tôt.

그리고 그레고르는 훨씬 더 빨리 새로운 직장으로 옮길 수도 있었습니다.

Mais la façon dont le père s'y était pris était bien meilleure maintenant.

하지만 아버지가 마련해 주신 방법은 이제 훨씬 더 나아졌다.

L'argent ne suffisait pas tout à fait pour vivre des intérêts.

그 돈으로는 이자만으로는 생활하기에 충분하지 않았다.

Et il a fallu mettre de l'argent de côté pour les urgences.

그리고 비상시에 대비해 일정 금액은 따로 떼어 놓아야 했습니다.

Cela n'aurait suffi que pour un an ou deux.

그 돈으로는 1년이나 2년 정도밖에 버틸 수 없었을 겁니다.

Cela signifiait que quelqu'un devait gagner de l'argent pour qu'ils puissent vivre.

이는 그들이 살아가기 위해서는 누군가가 돈을 벌어야 한다는 것을 의미했습니다.

Le père n'était pas malade et il était assez fort.

아버지는 건강에 이상이 없었고 충분히 강인하셨다.

Mais il était sans emploi depuis plus de cinq ans.

하지만 그는 5년 넘게 실직 상태였다.

Et, du fait de son âge, il lui restait peu de confiance en lui.

그리고 나이 때문에 그는 자신감이 거의 남아 있지 않았습니다.

Il avait également pris beaucoup de poids ces derniers temps.

그는 최근 들어 살이 많이 쪘다.

Sa vie avait toujours été ardue et infructueuse.

그의 삶은 언제나 고난으로 가득했고 성공적이지 못했다.

Et c'étaient les premières vacances qu'il ait jamais prises.

그리고 이것은 그가 생애 처음으로 갖게 된 휴가였다.

Et, faute d'être occupé, il était devenu assez maladroit.

할 일이 없으니 그는 꽤 서투르게 변해버렸다.

Ne serait-il pas préférable que la vieille mère gagne l'argent ?

노모가 직접 돈을 버는 게 더 나을까요?

La vieille mère qui souffrait d'asthme.

천식을 앓고 있던 노모.

La vieille mère qui peinait à monter les escaliers.

계단을 오르는 데 힘겨워하는 노모.

La vieille mère qui passait son temps allongée sur le canapé.

소파에 누워 시간을 보내는 노모.

La vieille mère qui préférait rester près de la fenêtre.

창가에 앉아 있기를 좋아하던 노모.

Pour qu'elle puisse reprendre son souffle quand elle en aurait besoin.

숨을 고를 필요가 있을 때 숨을 고를 수 있도록 하기 위해서였다.

Ne serait-il pas préférable que ce soit la jeune sœur qui gagne l'argent ?

여동생이 돈을 버는 게 더 나을까요?

La sœur, qui à dix-sept ans n'était encore qu'une enfant.

그 여동생은 열일곱 살이었지만 여전히 어린아이에 불과했다.

La sœur qui ne connaissait que quelques modestes plaisirs.

소박한 즐거움 몇 가지밖에 누리지 못했던 여동생.

La sœur qui aimait surtout jouer du violon.

주로 바이올린 연주를 즐겼던 여동생.

Elle savait que son mode de vie antérieur était très enviable ;

그녀는 자신의 이전 생활 방식이 매우 부러웠다는 것을 알고 있었다.

Bien s'habiller, faire la grasse matinée, aider à la maison.

옷을 잘 차려입고, 늦잠 자고, 집안일을 돕는 것.

La conversation tournait souvent autour de la nécessité de gagner de l'argent.

대화는 종종 돈을 벌어야 한다는 필요성에 대한 이야기로 이어졌다.

Gregor était toujours le premier à lâcher la porte.

그레고르는 언제나 제일 먼저 문을 놓는 사람이었다.

Cette conversation l'avait rempli de honte et de chagrin.

그 대화는 그에게 수치심과 슬픔을 안겨주었다.

Il se laissa donc tomber sur le canapé en cuir qui refroidissait.

그래서 그는 식어가는 가죽 소파에 몸을 던졌다.

Et il passait souvent le reste de la nuit sur le canapé.

그리고 그는 종종 밤의 나머지 시간을 소파에서 보냈습니다.

Il ne dormait jamais vraiment sur le canapé, ni la nuit.

그는 소파에서 잠을 잔 적이 거의 없었고, 밤에도 마찬가지였다.

Souvent, il se contentait de gratter le cuir pendant des heures.

그는 종종 몇 시간이고 가죽을 긁적거렸다.

D'autres fois, il poussait le fauteuil jusqu'à la fenêtre.

그는 가끔 안락의자를 창가로 밀어놓기도 했다.

Cela a nécessité à lui seul beaucoup d'efforts de sa part.

이것만으로도 그는 상당한 노력을 기울여야 했다.

Le fauteuil l'a aidé à ramper jusqu'au rebord de la fenêtre.

안락의자는 그가 창틀 위로 기어 올라가는 데 도움이 되었다.

Et de là, il put s'appuyer contre la fenêtre.

그리고 그는 그곳에서 창문에 기대설 수 있었다.

Il éprouvait un grand sentiment de liberté en faisant cela.

그는 예전에 이렇게 할 때 큰 자우를 느끼곤 했다.

Peut-être recherchait-il une sensation de liberté d'antan.

어쩌면 그는 예전에 느꼈던 해방감을 되찾고 싶었던 걸지도 몰라.

Mais sa vue n'était plus aussi perçante qu'avant.

하지만 그의 시력은 예전만큼 좋지 않았다.

Les objets situés à une certaine distance étaient flous et indistincts.

조금 떨어진 사물들은 흐릿하고 불분명했다.

Il ne pouvait plus voir l'hôpital de l'autre côté de la rue.

그는 더 이상 길 건너편 병원을 볼 수 없었다.

Avant, il maudissait le paysage, maintenant il voulait le voir.

전에는 그 경치를 저주했던 그가 이제는 보고 싶어졌다.

Il savait qu'il habitait dans la paisible Charlottenstrasse, en pleine ville.

그는 자신이 조용하고 한적한 도심 거리인 샬로텐슈트라세에

살고 있다는 것을 알고 있었다.

Mais il a peut-être cru qu'il regardait vers le désert.

하지만 그는 자신이 사막을 보고 있다고 생각했을지도 모릅니다.

Un désert où le ciel gris et la terre grise se confondaient.

회색 하늘과 회색 땅이 하나로 합쳐진 황무지.

La sœur attentive remarqua à deux reprises que la chaise avait bougé.

세심한 언니는 의자가 움직인 것을 두 번이나 알아챘다.

Après avoir rangé, elle a repoussé la chaise vers la fenêtre.

정리를 마친 그녀는 의자를 창가 쪽으로 밀어 놓았다.

Et désormais, elle laissait même la fenêtre ouverte.

그리고 그녀는 이제부터 창틀을 열어둔 채로 다녔다.

Gregor aurait vraiment souhaité pouvoir parler à sa sœur.

그레고르는 여동생과 이야기를 나눌 수 있었으면 하고 진심으로 바랐다.

Il voulait la remercier pour tout ce qu'elle avait fait pour lui.

그는 그녀가 자신을 위해 해준 모든 것에 대해 감사를 표하고 싶었다.

Il aurait alors plus facilement toléré leurs services.

그랬다면 그는 그들의 서비스를 훨씬 더 쉽게 받아들였을 것이다.

Mais en l'état actuel des choses, il souffrait de son aide.

하지만 상황은 오히려 그녀의 도움 때문에 그가 고통받게 되었다.

La sœur, bien sûr, a tenté de dissimuler la gêne.

여동생은 당연히 당황스러움을 감추려고 애썼다.

Et elle faisait de son mieux pour feindre de ne pas se sentir accablée.

그리고 그녀는 부담감을 느끼지 않는 척 최선을 다했다.

Bien sûr, c'est quelque chose qu'elle devait d'abord pratiquer.

물론 이것은 그녀가 먼저 연습해야 했던 일이었다.

Et plus le temps passait, plus elle devenait douée.

시간이 흐를수록 그녀는 점점 더 능숙해졌다.

Mais Gregor eut également plus de temps pour constater sa supercherie.

하지만 그레고르는 그녀의 가식을 알아챌 시간을 더 얻게 되었다.

Même son entrée dans sa chambre était une épreuve pour lui.

그녀가 그의 방에 들어오는 것조차 그에게는 고통스러운
일이었다.

**Dès qu'elle est entrée, elle a couru directement vers la
fenêtre.**

그녀는 들어오자마자 곧장 창문으로 달려갔다.

Elle n'a même pas pris le temps de fermer la porte.

그녀는 문을 닫을 시간조차 없었다.

**Normalement, elle épargnait à tout le monde la vue de la
chambre de Gregor.**

평소 그녀는 누구에게도 그레고트의 방을 보여주지 않으려고
애썼다.

Et elle ouvrit brusquement la fenêtre d'un geste rapide.

그녀는 서둘러 창문을 확 열어젖혔다.

Puis elle reprit sa respiration comme si elle avait suffoqué.

그러자 그녀는 마치 숨이 막혔던 것처럼 다시 숨을 쉬었다.

L'air qui entrait était froid, et elle respira profondément.

들어오는 공기가 차가워서 그녀는 깊이 숨을 들이쉬었다.

Mais elle resta néanmoins un moment près de la fenêtre.

하지만 그럼에도 불구하고 그녀는 한동안 창가에 머물렀다.

Elle effrayait Gregor deux fois par jour avec ce rituel.

그녀는 이런 행동으로 하루에 두 번씩 그레고르를 놀라게 했다.

**Pendant qu'elle était dans la pièce, il tremblait sous le
canapé.**

그녀가 방에 있는 동안 그는 소파 밑에서 떨고 있었다.

Il savait qu'elle aurait aimé lui épargner cette épreuve.

그는 그녀가 자신에게 그런 시련을 겪게 하지 않으려 했을 거라는
걸 알고 있었다.

**Mais elle ne pouvait pas rester dans la pièce avec la fenêtre
fermée.**

하지만 그녀는 창문이 닫힌 방에 있을 수 없었다.

Il y a eu une fois où elle est arrivée un peu plus tôt.

한번은 그녀가 평소보다 조금 일찍 온 적이 있었어요.

Probablement environ un mois après la transformation de Gregor.

아마 그레고르가 변신한 지 한 달쯤 후일 겁니다.

Elle s'était plus ou moins habituée à sa nouvelle apparence.

그녀는 그의 새로운 모습에 어느 정도 익숙해져 있었다.

Elle n'avait donc plus aucune raison d'être particulièrement choquée.

그래서 그녀는 더 이상 특별히 놀랄 이유가 없었다.

Elle le trouva toujours immobile, le regard fixé par la fenêtre.

그녀는 그가 여전히 창밖을 멍하니 바라보고 있는 것을 발견했다.

Il se trouvait dans le pire endroit où il aurait pu être.

그는 최악의 상황에 처해 있었다.

Il n'aurait pas été surpris si elle n'était pas entrée.

그녀가 들어오지 않았더라도 그는 놀라지 않았을 것이다.

Il l'empêcha d'ouvrir la fenêtre.

그는 그녀가 창문을 여는 것을 막았다.

Elle quitta rapidement la pièce et ferma la porte.

그녀는 재빨리 방을 나가 문을 닫았다.

Un étranger aurait pu tirer toutes sortes de conclusions.

낯선 사람은 온갖 결론을 내릴 수 있었을 것이다.

Peut-être attendait-il simplement l'occasion de la mordre.

어쩌면 그는 그녀를 물 기회를 기다리고 있었던 것일지도 모른다.

Gregor, bien sûr, s'est immédiatement caché sous le canapé.

그레고르는 당연히 즉시 소파 밑으로 숨었다.

Mais il dut attendre midi pour que sa sœur revienne.

하지만 그는 여동생이 돌아올 때까지 정오까지 기다려야 했다.

Et elle semblait beaucoup plus agitée que d'habitude.

그리고 그녀는 평소보다 훨씬 더 안절부절못하는 것처럼 보였다.

Il réalisa que sa vue lui était encore insupportable.

그는 그 남자의 모습이 여전히 견딜 수 없을 만큼 끔찍하다는 것을 깨달았다.

Sa vue allait lui rester insupportable.

그녀에게 그의 모습은 영원히 견딜 수 없는 광경으로 남을 것이다.

Elle ne pouvait probablement pas supporter de le voir, même partiellement.

그녀는 아마 그의 어떤 부분도 차마 볼 수 없었을 것이다.

Une petite partie dépassait toujours de sous le canapé.

소파 밑으로 작은 부분이 항상 튀어나와 있었다.

Un jour, il transporta un drap sur son dos jusqu'au canapé.

어느 날 그는 침대 시트를 등에 메고 소파로 갔다.

Il voulait lui épargner de voir quoi que ce soit de lui.

그는 그녀가 자신의 어떤 부분도 보지 못하게 하고 싶었다.

Il arrangea le drap de façon à ce qu'il soit entièrement caché.

그는 자신의 몸이 완전히 가려지도록 침대 시트를 정리했다.

Même si elle se baissait, elle ne pourrait pas le voir.

그녀가 몸을 굽혀도 그를 볼 수 없을 것이다.

L'opération a pris à Gregor plus de trois heures.

그 모든 작업에 그레고르는 세 시간 이상을 들였다.

Elle a peut-être pensé que le drap était inutile.

그녀는 침대 시트가 필요 없다고 생각했을지도 모른다.

Elle aurait su qu'il ne voulait pas du drap.

그녀는 그가 침대 시트를 원하지 않는다는 것을 알았을 것이다.

Il le faisait pour son confort, et non pour lui-même.

그는 그녀를 편안하게 해주려고 그렇게 한 것이지, 자신을 위해서 한 것이 아니었다.

Et elle aurait pu enlever le drap si elle l'avait voulu.

그리고 그녀는 원했다면 침대 시트를 벗을 수도 있었다.

Mais elle laissa le drap là où Gregor l'avait mis.

하지만 그녀는 그레고르가 놓아둔 침대 시트를 그대로 두었다.

Et Gregor crut même avoir aperçu un regard reconnaissant.

그리고 그레고르는 상대방이 고마워하는 눈빛을 보냈다고
생각했다.
Il avait doucement soulevé le drap avec sa tête.
그는 머리로 침대 시트를 살며시 들어 올렸다.
Il voulait savoir si sa sœur appréciait cet arrangement.
그는 여동생이 그 상황을 좋아하는지 확인하고 싶었다.

Les deux premières semaines ont été les plus difficiles pour les parents.
처음 두 주는 부모들에게 가장 힘든 시기였습니다.
Ils n'ont pas eu le courage d'entrer et de le voir.
그들은 차마 안으로 들어와 그를 만날 수 없었다.
Il a surpris plusieurs de leurs conversations à cette époque.
그는 그 당시 그들의 대화를 많이 엿들었다.
Ils ont pleinement reconnu tout ce que faisait la sœur.
그들은 여동생이 하는 모든 일을 완전히 인정했습니다.
Même s'ils étaient souvent agacés par elle.
비록 그들은 예전에는 그녀에게 자주 짜증을 냈지만.
Parce qu'elle semblait être une fille un peu inutile.
그녀가 다소 쓸모없는 소녀처럼 보였기 때문입니다.
C'étaient maintenant eux qui attendaient de l'autre côté de la pièce.
이제 방 건너편에서 기다리는 건 그들의 차례였다.
Et c'est elle qui est entrée dans la pièce pour tout faire.
그리고 그 방에 들어가서 모든 일을 처리한 사람은 바로
그녀였습니다.
Dès qu'elle est sortie, ils ont voulu tout savoir.
그녀가 나오자마자 그들은 모든 것을 알고 싶어 했다.
Elle a dû leur décrire précisément l'aspect de la pièce.
그녀는 그들에게 방이 어떻게 생겼는지 정확하게 설명해야 했다.

« Qu'est-ce que Gregor a mangé ? Comment s'est-il comporté cette fois-ci ? »

"그레고르는 뭘 먹었지? 이번에는 어떻게 행동했어?"

«Y avait-il peut-être une légère amélioration à constater ?»

"혹시라도 눈에 띄는 약간의 개선점이 있었을까요?"

La mère, d'ailleurs, était en réalité plus courageuse.

그런데 사실 어머니가 더 용감했어요.

Et bien sûr, c'était son propre fils qui se trouvait dans la pièce.

물론 방 안에 있던 사람은 바로 그녀의 아들이었다.

Elle souhaitait en fait rendre visite à Gregor assez rapidement.

사실 그녀는 비교적 빠른 시일 너에 그레고르를 방문하고 싶어했다.

Mais au départ, son père et sa sœur l'ont retenue.

하지만 아버지와 누나가 처음에는 그녀를 말렸습니다.

Ils ont avancé des arguments très rationnels pour qu'elle n'y aille pas.

그들은 그녀가 가지 말아야 할 매우 합리적인 이유들을 제시했다.

Gregor écouta très attentivement leur raisonnement.

그레고르는 그들의 논리를 매우 주의 깊게 들었다.

Et il acceptait ce raisonnement autant que sa mère.

그리고 그는 어머니와 마찬가지로 그 이유를 받아들였다.

Plus tard, cependant, il a fallu la retenir par la force.

하지만 나중에 그녀는 강제로 저지당해야 했다.

«Laissez-moi entrer voir Gregor, c'est mon malheureux fils !»

"그레고르를 안으로 들여보내 즈세요. 그는 제 불쌍한 아들입니다!"

« Tu ne comprends pas que je dois aller le voir ? »

"내가 그를 만나러 가야 한다는 걸 모르겠어?"

Gregor fut également convaincu par les arguments de sa mère.

그레고르 역시 어머니의 주장에 설득되었다.

Peut-être avait-elle raison ; ce serait bien qu'elle vienne.

어쩌면 그녀 말이 맞을지도 몰라. 그녀가 들어오면 좋을 거야.

Le voir tous les jours serait beaucoup trop lourd.

매일 그를 보러 가는 건 너무 힘들 것 같다.

Mais le voir une fois par semaine suffirait peut-être.

하지만 일주일에 한 번 정도 만나는 것으로도 충분할지도 몰라요.

Elle pourrait comprendre les choses bien mieux que sa sœur.

그녀는 언니보다 상황을 훨씬 더 잘 이해할지도 몰라요.

Malgré tout son courage, elle n'était encore qu'une enfant.

그토록 용감했음에도 불구하고, 그녀는 여전히 어린아이에 불과했다.

Peut-être une insouciance enfantine l'a-t-elle poussée à entreprendre cette tâche.

어쩌면 어린아이 같은 무모함 때문에 그 일을 맡았을지도 모른다.

Mais le souhait de Gregor de revoir sa mère se réalisa bientôt.

하지만 그레고르가 어머니를 보고 싶어 했던 소원은 곧 이루어졌습니다.

Durant la journée, Gregor se tenait à l'écart de la fenêtre.

낮 동안 그레고르는 창문에서 멀리 떨어져 있었다.

Il a agi ainsi par égard pour ses parents.

그는 부모님을 생각해서 그렇게 했습니다.

Il n'avait pas beaucoup de place pour ramper sur le sol.

그는 바닥을 기어 다닐 공간이 많지 않았다.

Il avait du mal à rester immobile pendant la nuit.

그는 밤에 가만히 누워 있는 것을 어려워했다.

Manger ne lui procurait plus le moindre plaisir.

그는 더 이상 먹는 것에서 조금도 즐거움을 느끼지 못했다.

Bien sûr, il devait trouver un moyen de se distraire.

당연히 그는 어떻게든 주의를 다른 데로 돌릴 방법을 찾아야 했다.

Pour se divertir, il grimpait et descendait les murs.

심심풀이로 그는 벽을 기어올랐다.

Et il rampait aussi le long du plafond, la tête en bas.

그리고 그는 거꾸로 매달린 채 천장을 기어 다니기도 했습니다.

Il était particulièrement heureux lorsqu'il était suspendu au plafond.

그는 천장에 매달려 있을 때 특히 행복해했다.

C'était complètement différent de s'allonger par terre.

바닥에 누워있는 것과는 완전히 달랐다.

Il trouvait qu'il respirait beaucoup plus facilement dans cette position.

그는 이 자세에서 숨쉬기가 훨씬 편하다는 것을 알았다.

Une légère mais agréable vibration parcourut son corps.

미미하지만 기분 좋은 진동이 그의 몸을 타고 흘러갔다.

Parfois, il se laissait même trop aller à son bonheur.

때때로 그는 행복에 너무 푹 빠져버리기도 했다.

Il lui arrivait d'être distrait et de lâcher prise du plafond.

그는 가끔씩 주의가 산만해져서 천장에서 손을 놓곤 했다.

Et à sa propre surprise, il atterrit de nouveau sur le sol.

그리고 놀랍게도 그는 다시 땅에 착지했다.

Mais il maîtrisait bien mieux son corps qu'auparavant.

하지만 그는 이전보다 훨씬 더 몸을 잘 제어할 수 있게 되었다.

Ainsi, il ne se blessait plus lors de chutes aussi importantes.

그래서 그는 이제 그런 큰 낙상으로도 다치지 않았습니다.

Sa sœur remarqua immédiatement le nouveau plaisir de Gregor.

여동생은 그레고르가 새롭게 즐거워하는 모습을 즉시 알아챘다.

Et on retrouvait des traces de colle là où il avait rampé.

그가 기어간 자리에는 접착제의 흔적이 남아 있었다.

Là encore, la sœur pensa au bien-être de Gregor.

이때에도 여동생은 그레고르의 건강을 생각했다.

Il apprécierait peut-être d'avoir plus d'espace pour ramper.

아마 그는 기어 다닐 공간이 더 넓으면 좋아할 거예요.

Et l'idée s'est fermement ancrée dans son esprit.

그리고 그 생각은 그녀의 머릿속에 확고히 자리 잡았다.

Certains meubles volumineux entravaient sa liberté de mouvement.

일부 큰 가구 때문에 그의 자유로운 움직임이 제한되었다.

Il ne travaillait plus, il n'avait donc plus besoin du bureau.

그는 더 이상 일을 하지 않았기 때문에 책상이 필요 없었다.

Et la boîte prenait plus de place que nécessaire. ***

그리고 그 상자는 필요 이상으로 공간을 많이 차지했어요.

La sœur n'était pas en mesure de déplacer ces choses seule.

여동생은 혼자서는 이 물건들을 옮길 수 없었다.

Bien sûr, elle n'osait pas demander de l'aide à son père.

물론 그녀는 감히 아버지에게 도움을 요청할 엄두를 내지 못했다.

La bonne ne l'aurait certainement pas aidée non plus.

하녀도 분명 그녀를 도와주지 않았을 것이다.

La nouvelle femme de ménage était en réalité un an plus jeune qu'elle.

새로 온 가정부는 실제로 그녀보다 한 살 어렸다.

Elle avait courageusement endossé le rôle de l'ancienne bonne.

그녀는 용감하게 예전 가정부의 역할을 맡았다.

Mais il y avait un privilège auquel elle tenait absolument.

하지만 그녀가 꼭 누려야 한다고 고집했던 특권이 하나 있었다.

Elle voulait que la cuisine reste verrouillée en permanence.

그녀는 부엌 문을 항상 잠가두고 싶어했다.

La sœur n'avait donc pas d'autre choix que de demander à sa mère.

그래서 여동생은 어머니에게 물어볼 수밖에 없었다.

La mère est venue à son secours en poussant des cris de joie.

어머니는 기쁨에 찬 비명을 지르며 도와주러 달려왔다.

Mais elle se tut devant la porte de la chambre de Gregor.

하지만 그녀는 그레고르의 방 문 앞에서 아무 말도 하지 못했다.

La sœur a vérifié que tout était en ordre dans la chambre.

수녀는 방 안의 모든 것이 괜찮은지 확인했다.

Gregor avait tiré précipitamment encore plus fort sur le drap.

그레고르는 급히 침대 시트를 더욱 팽팽하게 당겼다.

Bien que le drap-housse paraisse encore disposé au hasard.

침대 시트는 여전히 아무렇게나 정리된 것처럼 보였다.

Et ce n'est qu'alors qu'elle laissa sa mère entrer dans la pièce.

그러고 나서야 그녀는 어머니를 방으로 들어오게 했다.

Gregor s'abstint également d'espionner sous le drap.

그레고르는 이불 밑에서 몰래 엿보는 행위도 삼갔다.

Il a décidé de ne pas voir sa mère cette fois-ci.

그는 이번에는 어머니를 만나지 않기로 결정했다.

Gregor était déjà content qu'elle soit venue.

그레고르는 그녀가 와준 것만으로도 충분히 기뻤다.

«Entrez, vous ne pouvez pas le voir», dit la sœur.

"들어와, 넌 그를 볼 수 없어."라고 여동생이 말했다.

Gregor supposa qu'elle tenait sa mère par la main.

그레고르는 그녀가 어머니의 손을 잡고 이끌고 갔을 거라고 짐작했다.

Puis il entendit les deux femmes, faibles, déplacer les meubles.

그때 그는 연약한 두 여자가 가구를 옮기는 소리를 들었다.

La sœur semblait s'attribuer la majeure partie du travail.

언니는 대부분의 일을 자기가 다 하는 것처럼 보였다.

Sa mère craignait qu'elle ne s'épuise.

어머니는 딸이 과로할까 봐 걱정했다.

Mais la sœur n'a prêté aucune attention à ces avertissements.

하지만 그 여동생은 이러한 경고를 전혀 heed하지 않았다.

Mais même après quinze minutes, les progrès étaient très lents.

하지만 15분이 지나도 진행 속도는 매우 느렸습니다.

Ils n'avaient pas réussi à déplacer les meubles très loin.

그들은 가구를 멀리 옮기지 못했다.

Ils commençaient lentement à ressentir un sentiment de défaite.

그들은 서서히 패배감을 느끼기 시작했다.

La mère fut la première à reconnaître l'inutilité de la démarche.

어머니는 그 노력이 헛되다는 것을 가장 먼저 인정했다.

« Il vaudrait peut-être mieux laisser la boîte ici. »

"상자를 여기에 두고 가는 게 나을 것 같네요."

« Le carton est trop lourd pour que nous puissions le déplacer plus loin. »

"상자가 너무 무거워서 더 이상 옮기기가 어렵습니다."

« Et nous n'aurons pas terminé avant l'arrivée de votre père. »

"그리고 당신 아버지가 오시기 전까지는 끝내지 않을 겁니다."

« Laisser la boîte ici lui barrerait encore plus le passage. »

"상자를 여기에 두면 그의 길을 더욱 막을 것입니다."

« Et pouvons-nous être sûrs de lui rendre service ? »

"우리가 그에게 호의를 베풀고 있는 거라고 확신할 수 있을까요?"

Ils commencèrent à penser que le contraire pourrait bien être vrai.

그들은 정반대가 사실일지도 모른다고 생각하기 시작했다.

La vue du mur vide lui pesait lourdement sur le cœur.

텅 빈 벽을 바라보니 그녀의 마음이 무거워졌다.

Qui nous dit que Gregor ne ressentirait pas la même chose ?

그레고르도 같은 생각을 하지 않을 거라고 누가 장담할 수 있겠어요?

«Il est déjà habitué aux meubles de sa chambre.»

"그는 이미 자기 방에 있는 가구에 익숙해졌어요."

«Il pourrait se sentir encore plus abandonné dans une pièce vide.»

"그는 텅 빈 방에서 더욱 버림받았다고 느낄지도 모릅니다."

À ce moment-là, sa voix s'était presque réduite à un murmure.

이제 그녀의 목소리는 거의 속삭임에 가까워졌다.

Elle ignorait en réalité où se trouvait exactement Gregor.

그녀는 사실 그레고르의 정확한 행방을 알지 못했다.

Elle ne voulait même pas qu'il entende sa voix.

그녀는 그가 자신의 목소리조차 듣지 않기를 바랐다.

Bien qu'elle fût certaine qu'il ne la comprenait pas.

그녀는 그가 자신을 이해하지 못할 거라고 확신했다.

« N'aurait-on pas l'impression de l'avoir complètement abandonné ? »

"우리가 그를 완전히 포기한 것처럼 보이지 않을까요?"

«N'aura-t-il pas l'impression qu'on le laisse se débrouiller seul ?»

"그는 우리가 그를 혼자 감당하게 내버려 둔다고 느끼지 않을까요?"

«Nous devrions laisser la pièce exactement comme elle était.»

"우리는 방을 원래 모습 그대로 두고 나가야 합니다."

« Gregor finira par nous revenir comme avant. »

"결국 그레고르는 예전처럼 우리에게 돌아올 거예요."

«Alors il constatera que tout est encore à sa place.»

"그러면 그는 모든 것이 여전히 제자리에 있음을 알게 될 것이다."

« Et il oubliera beaucoup plus facilement la période intermédiaire. »

"그리고 그는 그 과도기를 훨씬 더 쉽게 잊을 것입니다."

En entendant ces mots, Gregor réalisa quelque chose.

그레고르는 이 말을 듣고 무언가를 깨달았다.

Son esprit était devenu confus au cours des deux derniers
mois.

지난 두 달 동안 그의 정신은 혼란스러워졌다.

Le manque d'interactions humaines ne lui avait pas fait de
bien.

인간관계의 부재는 그에게 좋지 않았다.

Il avait vraiment besoin de la vie monotone au sein de sa
famille.

그는 진정으로 가족과 함께하는 단조로운 삶이 필요했다.

Pourquoi aurait-il formulé une demande aussi absurde
autrement ?

그렇지 않고서야 왜 그가 그런 터무니없는 요구를 했겠는가?

Quel sens pouvait-il y avoir à vider sa chambre ?

그의 방을 비우는 게 대체 무슨 의미가 있었을까?

La chambre confortable est meublée de meubles hérités.

물려받은 가구로 꾸며진 아늑한 방.

Pourquoi voudrait-il transformer cette chaleur familière en
une grotte ?

그는 왜 이 익숙한 온기를 동굴로 바꾸고 싶어할까요?

Une grotte où il pouvait ramper en toute tranquillité dans
toutes les directions.

그가 마음 편히 사방으로 기어 다닐 수 있는 동굴.

Mais une grotte où il oublia rapidement son passé humain.

하지만 그는 동굴 속에서 인간 시절의 기억을 빠르게 잊어버렸다.

Il se demandait s'il était déjà sur le point d'oublier.

그는 자신이 이미 기억을 잃어가고 있는 건 아닌지 궁금해졌다.

La voix de sa mère l'avait secoué et lui avait fait se souvenir.

어머니의 목소리가 그를 흔들어 깨워 기억을 되살려냈다.

La voix qu'il n'avait pas entendue depuis si longtemps.

그가 아주 오랫동안 듣지 못했던 목소리였다.

Il ne fallait rien enlever ; tout devait rester.

아무것도 제거해서는 안 되며, 모든 것이 그대로 남아 있어야
했다.

Le mobilier a eu un effet positif sur son état.

가구는 그의 상태에 긍정적인 영향을 미쳤다.

Et il ne pouvait pas s'en sortir sans ce lien avec le passé.

그리고 그는 과거와의 연결고리가 없이는 버틸 수 없었다.

Les meubles l'empêchaient de ramper sans but.

가구 때문에 그는 생각 없이 기어 다닐 수 없었다.

**Mais ce n'était pas une perte ; c'était au contraire un grand
avantage.**

하지만 그것은 손실이 아니라 오히려 큰 이점이었습니다.

Malheureusement, sa sœur avait un avis très différent.

하지만 안타깝게도 여동생은 전혀 다른 의견을 가지고
있었습니다.

**Elle était en quelque sorte devenue la porte-parole de
Gregor.**

그녀는 어찌 보면 그레고르의 대변인 역할을 하게 되었다.

Bien sûr, son opinion n'était pas totalement injustifiée.

물론 그녀의 의견이 완전히 틀린 것은 아니었습니다.

Mais l'opinion de sa mère devait être contredite ici.

하지만 이 부분에서는 어머니의 의견에 반박해야 했습니다.

Il ne s'agissait plus seulement d'enlever la boîte.

이제 치워야 할 것은 상자뿐만이 아니었다.

**Son bureau et son armoire ne pouvaient pas rester en place
non plus.**

그의 책상과 옷장도 그대로 둘 수는 없었다.

La seule chose indispensable était le canapé.

유일하게 없어서는 안 될 것은 소파였다.

**Elle n'a pas pris cette décision par simple rébellion
enfantine.**

그녀가 이런 결정을 내린 것은 단순히 어린아이 같은 반항심 때문이 아니었다.

Ce n'était pas non plus sa confiance en soi récemment acquise.

그녀가 최근에 얻은 자신감 때문도 아니었다.

La nouvelle confiance qu'elle avait acquise lui a permis de travailler si dur pour gagner.

그녀는 승리를 위해 열심히 노력하면서 새로운 자신감을 얻었다.

Même si personne ne s'attendait à ce qu'elle y parvienne.

아무도 그녀가 해낼 거라고 예상하지 못했지만.

Gregor avait vraiment besoin de beaucoup d'espace pour ramper.

그레고르는 기어 다니려면 정말 넓은 공간이 필요했어요.

Le mobilier ne faisait que réduire l'espace dont il disposait.

가구는 그가 사용할 수 있는 공간을 제한했을 뿐이다.

Elle était capable de mieux voir ces choses que sa mère.

그녀는 어머니보다 이러한 점들을 더 잘 파악할 수 있었다.

Mais peut-être que son esprit romantique a aussi joué un rôle.

하지만 어쩌면 그녀의 낭만적인 성향도 한몫했을지도 모릅니다.

Les filles de cet âge acquièrent souvent un certain enthousiasme.

그 나이 또래의 소녀들은 종종 특정한 열정을 갖게 된다.

Et ils éprouvent le besoin d'obtenir ce qu'ils veulent chaque fois qu'ils le peuvent.

그리고 그들은 기회가 될 때마다 자기 뜻대로 하려는 욕구를 느낍니다.

C'est peut-être pour cela qu'elle voulait le saboter en secret.

어쩌면 이것이 그녀가 그를 몰래 방해하려 했던 이유일지도 모른다.

Il est encore plus terrifiant lorsqu'il rampe sur les murs.

그가 벽을 기어다닐 때는 훨씬 더 무섭다.

Les parents n'osaient plus entrer dans la pièce.

부모들은 더 이상 감히 그 방에 들어오지 못했다.

Elle serait véritablement la seule à prendre soin de son frère.

그녀는 정말로 동생을 전적으로 돌봐야 할 것이다.

Elle ne laissa pas sa mère la persuader du contraire.

그녀는 어머니의 설득에 넘어가지 않았다.

La mère de Gregor se sentait déjà mal à l'aise dans la pièce.

그레고르의 어머니는 이미 방 안에서 불안감을 느끼고 있었다.

Elle cessa bientôt de parler et aida de nouveau sa fille.

그녀는 곧 말을 멈추고 다시 딸을 도왔다.

Avec leurs forces restantes, ils ont enlevé l'armoire.

그들은 남은 힘을 다해 옷장을 옮겼다.

La commode, il pouvait s'en passer.

서랍장은 그에게 없어도 되는 물건이었다.

Mais le bureau allait devoir rester en place pour le moment.

하지만 책상은 당분간 그대로 둬야 할 것 같았다.

Pendant l'absence des femmes, il tenta d'évaluer la pièce.

여자들이 나간 사이 그는 방의 상태를 살펴보려고 했다.

Et Gregor passa la tête sous le canapé.

그러자 그레고르가 소파 밑에서 고개를 내밀었다.

Il devait voir ce qu'il pouvait faire face à la situation.

그는 이 상황을 어떻게 해결할 수 있을지 알아봐야 했다.

Mais il a été aussi prudent et attentionné que possible.

하지만 그는 최대한 신중하고 사려 깊게 행동했습니다.

Malheureusement, c'est la mère qui est revenue la première.

불행히도 먼저 돌아온 사람은 어머니였습니다.

**Grete était encore en train de déplacer l'armoire dans la
pièce voisine.**

그레테는 여전히 옆방에서 옷장을 옮기고 있었다.

Mais la mère n'était pas habituée à la vue de Gregor.

하지만 어머니는 그레고르의 모습에 익숙하지 않았다.

Un simple aperçu de lui aurait pu la rendre malade.

그를 잠깐이라도 보는 것만으로도 그녀는 병에 걸릴 수 있었다.

Gregor recula précipitamment jusqu'à l'autre bout du canapé.

그레고르는 서둘러 소파 맨 끝쪽으로 뒷걸음질 쳤다.

Mais il ne pouvait pas reculer et maintenir le drap en équilibre.

하지만 그는 뒤로 물러나 침대 시트의 균형을 잡을 수 없었다.

Ce mouvement suffit à attirer l'attention de la mère.

그 움직임만으로도 어머니의 관심을 끌기에 충분했다.

Elle marqua une pause et resta immobile un bref instant.

그녀는 걸음을 멈추고 잠시 동안 가만히 서 있었다.

Puis elle se retourna et sortit de la pièce.

그러고 나서 그녀는 몸을 돌려 방 밖으로 나갔다.

Gregor se répétait sans cesse que rien d'inhabituel ne s'était produit.

그레고르는 아무 일도 일어나지 않았다고 계속해서 스스로에게 되뇌었다.

« Ce ne sont que quelques meubles qui ont été emportés. »

"그냥 치워진 가구일 뿐이에요."

Mais il dut bientôt admettre que ces événements l'avaient affecté.

하지만 그는 곧 그 사건들이 자신에게도 영향을 미쳤다는 것을 인정해야 했다.

Les femmes disaient tout ce qu'elles faisaient.

그 여성들은 자신들이 하는 모든 행동을 미리 말해두고 있었다.

Ils faisaient des allers-retours dans la pièce.

그들은 방 안을 왔다 갔다 하고 있었다.

Le bruit des meubles qui grattent le sol.

가구들이 바닥에서 긁히는 소리.

Il avait l'impression d'être assailli de toutes parts.

그는 사방에서 공격을 받는 듯한 기분을 느꼈다.

Il replia sa tête et ses jambes aussi fort qu'il le put.

그는 머리와 다리를 최대한 오므렸다.

De toutes ses forces, il plaqua son corps au sol.

그는 온 힘을 다해 몸을 땅에 눌렀다.

Il savait qu'il ne pourrait pas supporter tout cela encore longtemps.

그는 이 모든 것을 더 이상 오래 견딜 수 없다는 것을 알았다.

Ils ont vidé sa chambre et ont pris tout ce qu'il aimait.

그들은 그의 방을 싹 비우고 그가 아끼던 모든 것을 가져갔다.

Ils avaient déjà pris la boîte contenant tous ses outils.

그들은 이미 그의 모든 도구가 들어 있는 상자를 가져갔다.

Ils étaient en train de déloger son lourd bureau du sol.

이제 그들은 그의 무거운 책상을 땅에서 들어 올리고 있었다.

Le bureau sur lequel il avait travaillé en rentrant du travail.

그가 퇴근 후 일을 시작했던 책상.

Le bureau sur lequel il avait noté ses missions professionnelles.

그가 업무 관련 서류를 작성하던 책상.

Le bureau sur lequel il avait fait ses devoirs au collège.

그가 중학교 때 숙제를 하던 책상.

Oui, il avait déjà eu ce bureau à l'école primaire.

네, 그는 초등학교 때부터 이 책상을 사용했었어요.

Il n'a vraiment pas eu le temps de vérifier leurs bonnes intentions.

그는 그들의 선의를 확인할 시간이 정말 없었다.

Bien qu'il ait presque oublié leur présence.

그는 그들이 거기에 있다는 사실을 거의 잊고 있었지만 말이다.

Parce qu'ils travaillaient en silence, épuisés.

그들은 탈진 때문에 말없이 일하고 있었기 때문입니다.

Ils étaient trop fatigués pour annoncer leurs mouvements maintenant.

그들은 너무 지쳐서 이제 자신들의 이동 경로를 알릴 힘이 없었다.

Il n'entendait que leurs lourds pas sur le sol.

그가 들은 것은 바닥을 걷는 그들의 무거운 발소리뿐이었다.

À ce moment précis, ils étaient appuyés contre la boîte.

바로 그 순간 그들은 상자에 기대어 있었다.

Et c'est alors que Gregor est sorti de sous le canapé.

그때 그레고르가 소파 밑에서 나왔다.

Il a changé de direction à quatre reprises.

그는 달리던 방향을 네 번이나 바꿨다.

Il n'arrivait pas à se décider quel objet sauver en premier.

그는 어떤 물건을 먼저 구해야 할지 결정할 수 없었다.

Soudain, son attention fut attirée par le mur vide.

갑자기 그의 시선이 텅 빈 벽으로 향했다.

Ils ne lui avaient laissé que la photo de la dame en fourrure.

그들이 그에게 남겨준 것이라고는 모피 코트를 입은 여인의 사진 한 장뿐이었다.

Il rampa jusqu'à la photo pour coller son corps contre le sien.

그는 그림 쪽으로 기어가서 몸을 밀착시켰다.

Et son corps masquait complètement la vue de la photo.

그리고 그의 몸이 사진의 전경을 완전히 가렸다.

Le verre le soutenait et apaisait son ventre brûlant.

유리잔이 그를 지탱해 주었고, 그의 뜨거운 배를 따뜻하게 감싸주었다.

On ne pouvait plus lui enlever cette photo.

이 사진은 더 이상 그에게서 빼앗을 수 없었다.

Puis il tourna la tête vers la porte du salon.

그러고 나서 그는 거실 문 쪽으로 고개를 돌렸다.

Il allait les regarder retourner dans la pièce.

그는 여자들이 방으로 돌아가는 것을 지켜볼 생각이었다.

Et ils ne se reposèrent pas longtemps avant de revenir.
그들은 오래 쉬지 않고 다시 돌아왔다.
Grete avait le bras autour de sa mère pour l'aider à marcher.
그레테는 어머니가 걷는 것을 돕기 위해 팔로 어머니를 감쌌다.
« Que prenons-nous maintenant ? » demanda Grete en regardant autour d'elle.
"이제 뭘 가져갈까요?" 그레테가 말하며 주위를 둘러보았다.
À ce moment précis, son regard croisa celui de Gregor.
바로 그 순간, 그녀의 시선이 그레고르의 눈과 마주쳤다.
Malgré le choc, elle a gardé son sang-froid.
충격적인 상황 속에서도 그녀는 침착함을 유지했다.
Probablement uniquement à cause de la présence de sa mère.
아마도 어머니가 계셨기 때문일 겁니다.
Elle pencha le visage vers sa mère, lui cachant la vue.
그녀는 얼굴을 어머니 쪽으로 숙여 시야를 가렸다.
Et puis elle dit, d'une voix tremblante et sans réfléchir :
그러자 그녀는 떨리는 목소리로, 생각 없이 이렇게 말했다.
«Allez, on ne devrait pas retourner au salon ?»
"자, 거실로 돌아가는 게 좋지 않을까요?"
Gregor comprenait aisément les intentions de sa sœur.
그레고르는 여동생의 의도를 쉽게 이해할 수 있었다.
Sa priorité absolue était de mettre sa mère en sécurité.
그녀의 최우선 과제는 어머니를 안전한 곳으로 모셔가는 것이었다.
Mais ensuite, elle allait le poursuivre depuis le mur.
하지만 그때 그녀는 벽에서 그를 쫓아 내려오려고 했어요.
« Eh bien, elle peut toujours essayer ! » pensa Gregor.
"뭐, 시도해 볼 만하겠지!" 그레고르는 속으로 생각했다.
Il s'assit fermement sur son tableau et ne le lâcha pas.
그는 자신의 사진을 꽉 붙잡고 놓지 않았다.

Il aurait préféré sauter au visage de sa sœur.

그는 차라리 여동생 얼굴에 뛰어들고 싶었을 것이다.

Mais les paroles de Grete avaient encore plus inquiété sa mère.

하지만 그레테의 말은 어머니를 더욱 걱정하게 만들었다.

Elle s'écarta pour voir ce qu'on lui cachait.

그녀는 무엇이 숨겨지고 있는지 확인하기 위해 옆으로 비켜섰다.

Et elle vit la tache brune sur le papier peint à fleurs.

그리고 그녀는 꽃무늬 벽지에 묻은 갈색 얼룩을 발견했다.

Et elle a crié avant même de réaliser que c'était Gregor.

그녀는 그 사람이 그레고르라는 것을 알아차리기도 전에 비명을 질렀다.

« Oh mon Dieu ! » hurla-t-elle en tendant les bras.

"맙소사!" 그녀는 팔을 활짝 벌리고 소리쳤다.

Et elle s'est effondrée sur le canapé comme si elle avait renoncé.

그녀는 마치 포기한 듯 소파에 털썩 주저앉았다.

« Gregor ! » cria sa sœur en levant le poing.

"그레고르!" 여동생은 주먹을 치켜들고 그에게 소리쳤다.

Et elle lui lança un regard long, dur et pénétrant.

그리고 그녀는 그에게 길고 강렬하며 날카로운 시선을 던졌다.

C'était la première fois qu'elle lui parlait directement.

그녀가 그에게 직접 말을 건넨 것은 이번이 처음이었다.

Elle a couru dans la pièce voisine pour aller chercher des sels d'ammoniaque.

그녀는 암모니아수를 가지러 옆방으로 달려갔다.

Elle devait ramener sa mère à la conscience.

그녀는 어머니를 의식을 되찾게 해야 했다.

Gregor voulait aider, il pourrait sauvegarder la photo plus tard.

그레고르는 도와주고 싶었고, 사진은 나중에 저장할 수 있을 거라고 생각했다.

Mais il s'était solidement collé à la vitre.

하지만 그는 유리에 완전히 달라붙어 버렸다.

Il a donc dû s'arracher à ce point en utilisant beaucoup de force.

그래서 그는 상당한 힘을 써서 겨우 몸을 떼어낼 수 있었다.

Il courut lui aussi dans la pièce voisine, où se trouvait sa sœur.

그 역시 여동생이 있는 옆방으로 달려갔다.

Autrefois, il aurait pu lui donner quelques conseils.

옛날 같았으면 그가 그녀에게 조언을 해 줄 수 있었을 텐데.

Mais à présent, il ne pouvait rien faire d'autre que rester là, impuissant, et regarder.

하지만 이제 그는 그저 가만히 서서 지켜보는 것 외에는 아무것도 할 수 없었다.

Elle fouilla dans le tiroir, ouvrant diverses bouteilles.

그녀는 서랍을 뒤져 여러 병의 뚜껑을 열었다.

Et il lui faisait encore peur quand elle se retournait.

그녀가 뒤돌아섰을 때도 그는 여전히 그녀를 두렵게 했다.

Une bouteille est tombée par terre, s'est cassée et a éclaté.

병이 바닥에 떨어져 깨지고 산산조각이 났다.

Un éclat de verre a frappé Gregor au visage et l'a blessé.

유리 파편이 그레고르의 얼굴에 맞아 부상을 입혔다.

La bouteille contenait une sorte de liquide caustique.

병 안에는 부식성이 강한 액체가 들어 있었다.

Et maintenant, le liquide corrosif brûlait le visage de Gregor.

그리고 이제 그 부식성 액체가 그레고르의 얼굴을 태우고 있었다.

Sa sœur, cependant, n'avait pas de temps à consacrer à Gregor pour le moment.

하지만 여동생은 지금 그레고르에게 신경 쓸 시간이 없었다.

Elle ramassa autant de bouteilles qu'elle put.

그녀는 손에 잡히는 대로 병들을 최대한 많이 주워 담았다.

Et elle est retournée en courant vers sa mère avec les médicaments.

그리고 그녀는 약을 가지고 어머니에게 달려갔다.

Elle claqua la porte du pied, empêchant Gregor d'entrer.

그녀는 발로 문을 쾅 닫아 그레고르를 밖으로 내쫓았다.

Il était désormais coupé de sa mère, potentiellement mourante.

이제 그는 위독한 어머니와 연락이 끊겼다.

S'il ouvrait la porte, il chasserait sa sœur.

그가 문을 열면 여동생을 쫓아낼 것이다.

Mais bien sûr, elle devait rester pour s'occuper de sa mère.

하지만 물론 그녀는 어머니를 돌보기 위해 남아야 했습니다.

Il ne pouvait plus rien faire d'autre qu'attendre.

이제 그가 할 수 있는 일은 그들을 기다리는 것뿐이었다.

Rongé par les remords et l'anxiété, il se mit à ramper.

자책감과 불안감에 시달리던 그는 기어 다니기 시작했다.

Il rampait partout : sur les murs, les meubles, le plafond.

그는 벽, 가구, 천장 등 모든 곳을 기어 다녔다.

Il avait l'impression que toute la pièce tournait autour de lui.

그는 마치 방 전체가 자신을 중심으로 빙빙 도는 것 같은 느낌을 받았다.

Finalement, désespéré et pris de vertiges, il retomba.

결국 그는 절망과 현기증에 휩싸여 다시 쓰러졌다.

Et il est tombé directement sur la grande table de la salle à manger.

그리고 그는 커다란 식탁 위로 그대로 쓰러졌습니다.

Il resta allongé là un certain temps, engourdi et incapable de bouger.

그는 한동안 그곳에 누워 몸이 마비된 채 움직일 수 없었다.

Il était épuisé par tout ce que cette journée lui avait apporté.

그는 오늘 하루 동안 겪은 모든 일들로 인해 완전히 지쳐 있었다.

Le silence régnait partout, mais c'était peut-être bon signe.

주변은 온통 조용했지만, 어쩌면 그게 좋은 징조일지도 몰랐다.

Puis, brisant le silence, la sonnette retentit à l'extérieur.

그때, 정적을 깨고 바깥 초인종이 울렸다.

La bonne, bien sûr, s'était enfermée dans sa cuisine.

하녀는 당연히 부엌에 틀어박혀 문을 잠갔다.

La sœur était donc la seule à pouvoir ouvrir la porte.

그래서 그 여동생만이 문을 열 수 있었다.

« Que s'est-il passé ? » fut la première question du père.

"무슨 일이야?" 아버지가 제일 먼저 물어본 말이었다.

L'apparence de Grete lui avait probablement tout dit.

그레테의 외모가 그에게 모든 것을 말해줬을 것이다.

La voix de Grete devint étouffée et monotone tandis qu'elle parlait.

그레테의 목소리는 말을 할수록 점점 muffled되고 둔탁해졌다.

Elle a dû enfouir son visage contre la poitrine de son père.

그녀는 틀림없이 아버지의 가슴에 얼굴을 파묻었을 것이다.

« Maman était inconsciente, mais elle va mieux maintenant. »

"어머니는 의식을 잃으셨지만, 지금은 많이 좋아지셨습니다."

« Gregor s'est échappé », a-t-elle ajouté, ce à quoi il s'attendait.

"그레고르가 탈출했어요." 그녀가 덧붙였다. 그는 이미 예상하고 있었다.

« Je vous l'ai toujours dit, il allait s'échapper un jour. »

"내가 늘 말했잖아, 걔가 언젠가는 탈출할 거라고."

« Mais vous, les femmes, vous ne vouliez pas m'écouter, n'est-ce pas ? »

"하지만 당신들 여자들은 내 말을 듣고 싶어 하지 않았잖아요, 그렇죠?"

Gregor comprit rapidement comment son père verrait les choses.

그레고르는 아버지가 세상을 어떻게 바라보실지 금방 깨달았다.

Il avait mal interprété le message trop bref de Grete.

그는 그레테가 보낸 지나치게 간략한 메시지를 잘못 해석했다.

Il supposa que Gregor avait commis un acte de violence.

그는 그레고르가 어떤 폭력 행위를 저질렀을 거라고 짐작했다.

Gregor devait trouver un moyen d'apaiser son père d'une manière ou d'une autre.

그레고르는 어떻게든 아버지의 마음을 달래야 했다.

Parce qu'il n'avait pas le temps de lui expliquer les choses.

그에게 상황을 설명할 시간이 없었기 때문입니다.

Mais de toute façon, il n'aurait pas été capable d'expliquer les choses.

하지만 어차피 그는 상황을 설명할 수 없었을 것이다.

Il s'est donc enfui vers la porte et s'y est plaqué.

그래서 그는 문으로 달려가 문에 바짝 붙었다.

Ainsi, son père pourrait le voir depuis l'antichambre.

그렇게 하면 아버지가 대기실에서 그를 볼 수 있을 것이다.

Et il pourrait constater qu'il avait les meilleures intentions.

그러면 그는 자신이 선의를 가지고 있었다는 것을 알 수 있을 것이다.

Il n'était pas nécessaire de le repousser avec un balai.

그를 빗자루로 밀어낼 필요는 전혀 없었다.

Il aurait suffi que le père ouvre la porte.

아버지는 그저 문만 열어주면 됐을 것이다.

Mais il n'était pas d'humeur à remarquer de telles subtilités.

하지만 그는 그런 미묘한 차이를 알아챌 기분이 아니었다.

« Te voilà ! » s'exclama-t-il dès qu'il entra.

"여기 있었군요!" 그는 들어오자마자 소리쳤다.

C'était comme s'il était à la fois en colère et heureux.

그는 마치 화가 나면서도 동시에 기쁜 것 같았다.

Il recula la tête et leva les yeux vers son père.

그는 고개를 뒤로 젖히고 아버지를 올려다보았다.

Il n'avait pas imaginé son père debout là, dans cette position.

그는 아버지가 그런 모습으로 거기에 서 계실 거라고는 상상도 못했다.

Mais ces derniers temps, il s'était trouvé une nouvelle distraction.

하지만 그는 최근 들어 새로운 취미에 몰두하게 되었다.

Ramper occupait désormais une grande partie de sa journée.

이제 그는 하루 중 상당 시간을 기어 다니는 데 보냈다.

Auparavant, il se tenait au courant de toutes les nouvelles dans l'appartement.

전에는 그는 아파트에서 일어나는 모든 소식을 꼼꼼히 챙겨봤다.

Mais ces derniers temps, il n'y avait pas prêté beaucoup d'attention.

하지만 그는 최근 들어 그다지 신경을 쓰지 않았다.

Il aurait dû se préparer à faire face aux changements.

그는 변화에 대비했어야 했다.

Pour autant, cet homme qui se tenait devant lui était-il encore son père ?

그렇다면, 그의 앞에 있는 이 남자는 여전히 그의 아버지일까?

Était-ce le même homme qui avait l'habitude de rester allongé, fatigué, dans son lit ?

그는 예전에 침대에 피곤하게 누워 있던 그 남자와 같은 사람일까?

Alors que Gregor était déjà parti en voyage d'affaires.

그레고르가 이미 출장을 떠난 후였다.

Était-ce le même homme qui le saluait le soir ?

그는 저녁마다 그를 맞이하던 그 남자와 동일인물이었을까?

Lorsqu'il était en robe de chambre, dans son fauteuil.

그가 잠옷을 입고 안락의자에 앉아 있을 때였다.

Était-ce le même homme qui n'avait pas pu se lever pour l'accueillir ?

그는 그를 맞이하기 위해 일어나지 못했던 바로 그

사람이었을까요?

Restant assis, il leva le bras en signe de joie.

그는 앉은 자세 그대로 팔을 들어 기쁨의 표시를 했다.

Était-ce le même homme avec qui il faisait parfois des promenades ?

그는 그가 가끔 함께 산책하던 그 남자와 동일인물이었을까?

Exceptionnellement : quelques dimanches par an, ou les jours fériés.

아주 드문 경우: 1년에 몇 번의 일요일이나 공휴일.

Était-ce le même homme qui marchait, enveloppé dans son pardessus ?

그는 외투를 두르고 걸어가던 그 남자와 동일인물이었을까?

S'est-il lentement avancé, entre la mère et lui ?

그는 어머니와 그 사이에서 천천히 앞으로 나아갔을까요?

Et ils marchaient déjà lentement à cause de lui.

그들은 그 때문에 이미 천천히 걷고 있었다.

Mais à présent, cet homme se tenait droit et fort.

하지만 이제 이 남자는 굳건히 서 있었다.

Il portait un uniforme bleu à boutons dorés.

그는 금색 단추가 달린 파란색 제복을 입고 있었다.

Les badges que portent les employés des institutions bancaires.

은행 직원들이 착용하는 단추.

Au-dessus du col rigide, son double menton prononcé se dessinait.

뻣뻣한 칼라 위로 그의 뚜렷한 이중턱이 드러났다.

Sous ses sourcils broussailleux, ses yeux noirs fixaient le vide.

숱이 많은 눈썹 아래로 그의 검은 눈이 응시하고 있었다.

À présent, ses yeux paraissaient perçants, frais et alertes.

이제 그의 눈은 날카롭고, 생기 넘치고, 총명해 보였다.

Les cheveux blancs, auparavant ébouriffés, étaient désormais peignés.

이전에는 헝클어져 있던 흰 머리카락을 단정하게 빗었다.

Et ses cheveux étaient désormais coiffés d'une raie centrale méticuleuse.

그리고 그의 머리카락은 이제 정교하게 가운데 가르마를 탔다.

Il jeta son chapeau, orné d'un monogramme en or.

그는 금색 모노그램이 새겨진 모자를 던졌다.

Il s'agissait probablement du monogramme de la banque pour laquelle il travaillait.

아마 그가 근무했던 은행의 모노그램이었을 겁니다.

Et le chapeau atterrit sur le canapé, pour être rangé plus tard.

그리고 모자는 소파 위에 떨어졌고, 나중에 치워질 예정이었다.

Il repoussa le bas de sa longue veste d'uniforme.

그는 긴 제복 재킷의 아랫부분을 걷어 올렸다.

Et il mit ses pouces dans les poches de son pantalon.

그는 엄지손가락을 바지 주머니에 넣었다.

Puis, le visage sombre, il s'avança vers Gregor.

그러고 나서 그는 굳은 표정으로 그레고르를 향해 걸어갔다.

Il ne savait probablement même pas ce qu'il comptait faire.

그는 아마 자신이 무엇을 하려고 계획하고 있는지조차 몰랐을 것이다.

Mais il leva néanmoins les pieds exceptionnellement haut.

하지만 그럼에도 불구하고 그는 평소와 달리 발을 높이 들어 올렸다.

Gregor était stupéfait par la taille énorme de ses bottes.

그레고르는 그의 부츠가 엄청나게 큰 것에 놀랐다.

Mais il n'y avait vraiment pas le temps de s'extasier devant ses chaussures.

하지만 그의 신발을 감탄하며 바라볼 시간은 정말 없었다.

Le père avait opté pour une discipline très stricte.

아버지는 매우 엄격한 훈육을 하기로 마음먹었다.

Seule la plus grande sévérité convenait à Gregor.

그레고르에게는 가장 엄격한 처벌만이 적절했다.

Il le savait dès le premier jour de sa transformation.

그는 변신을 시작한 첫날부터 이 사실을 알고 있었다.

Il courut vers son père et s'arrêta quand celui-ci s'arrêta.

그는 아버지에게 달려갔고, 아버지가 멈추자 함께 멈췄다.

Il se précipita de nouveau vers lui lorsqu'il bougea à nouveau.

그가 다시 움직이자 그는 재빨리 그에게 달려갔다.

Le père marqua une pause, et Gregor fit de même.

아버지는 잠시 말을 멈췄고, 그레고르도 마찬가지였다.

Et il se précipita de nouveau en avant dès que son père eut bougé.

아버지가 움직이자마자 그는 다시 앞으로 달려나갔다.

Ils firent ainsi plusieurs fois le tour de la pièce.

이런 식으로 그들은 방을 여러 바퀴 돌았다.

Aucun avantage décisif n'avait encore été obtenu par qui que ce soit.

아직까지 어느 쪽도 결정적인 우위를 점하지 못했다.

On n'aurait pas pu avoir l'impression d'une poursuite.

추격전이 벌어지고 있다는 인상은 전혀 받을 수 없었다.

Parce que tout l'événement se déroulait beaucoup trop lentement.

전체적인 진행 속도가 너무 느렸기 때문입니다.

Gregor avait décidé de rester au sol.

그레고르는 땅에 머물기로 결심했다.

Il aurait pu courir le long des murs et du plafond.

그는 벽을 타고 올라가 천장을 따라 달릴 수도 있었을 것이다.

Mais il ne voulait pas provoquer inutilement le père.

하지만 그는 아버지를 괜히 자극하고 싶지 않았다.

Une telle évasion aurait pu paraître particulièrement perverse.

그러한 탈출은 특히 악랄해 보였을지도 모릅니다.

Gregor admit que cette poursuite ne pourrait pas durer beaucoup plus longtemps.

그레고르는 이 추격전이 더 이상 오래 지속될 수 없다는 것을 인정했다.

Chaque étape nécessitait une myriade de mouvements.

각 단계마다 수많은 동작이 수반되어야 했다.

Il commençait déjà à avoir le souffle court.

그는 이미 숨이 가빠지기 시작했다.

Même avant cela, il n'avait jamais eu des poumons totalement fiables.

그는 예전에도 폐 기능이 완전히 믿을 만한 수준은 아니었다.

Il avançait en titubant, économisant ses forces pour la course.

그는 비틀거리며 걸었고, 달리기를 위해 힘을 아꼈다.

Il était si fatigué qu'il avait du mal à garder les yeux ouverts.

그는 너무 피곤해서 눈을 뜨고 있기도 힘들었다.

Ses pensées étaient devenues trop lentes pour qu'il puisse envisager d'autres solutions.

그의 생각은 너무 느려져서 다른 탈출 방법을 생각해낼 겨를이 없었다.

Il avait presque oublié que les murs étaient à sa disposition.

그는 벽을 활용할 수 있다는 사실을 거의 잊고 있었다.

Mais les murs étaient de toute façon dissimulés derrière des meubles.

하지만 어차피 벽은 가구 뒤에 가려져 있었다.

Et les meubles avaient trop d'encoches et de saillies.

그리고 가구에는 홈과 돌출부가 너무 많았습니다.

Et puis, juste à côté de lui, en roulant, il y avait une pomme.

그런데 바로 그의 옆에서 사과 하나가 굴러가고 있었다.

Il réalisa que la pomme avait dû lui être lancée.

사과는 누군가 던진 것이 틀림없다고 그는 깨달았다.

Mais il n'eut pas le temps de réfléchir qu'une autre pomme arriva.

하지만 그가 생각할 겨를도 없이 또 다른 사과가 날아왔다.

Gregor resta figé, sous le choc de la nouvelle stratégie de son père.

그레고르는 아버지의 새로운 전략에 충격을 받아 얼어붙었다.

Il ne pouvait plus rien gagner à essayer de fuir.

그는 더 이상 도망쳐봤자 얻을 게 없었다.

Le père avait décidé de le bombarder de fruits.

아버지는 그에게 과일을 퍼붓기로 마음먹었다.

Il avait rempli ses poches avec les fruits du bol de la cuisine.

그는 부엌 과일 바구니에서 과일을 꺼내 주머니를 가득 채웠다.

Sans viser particulièrement, il lançait pomme après pomme.

그는 특별히 조준하지 않고 사과를 연달아 던졌다.

Ces petites pommes rouges roulaient sur le sol.

이 작은 빨간 사과들이 땅 위에서 굴러다녔습니다.

Comme électrifiées, les pommes se heurtèrent les unes aux autres.

마치 감전된 듯 사과들이 서로 부딪혔다.

Une des pommes, lancée mollement, a effleuré le dos de Gregor.

약하게 던진 사과 하나가 그레고르의 등을 스쳤다.

Heureusement pour lui, la pomme a glissé sans le blesser.

다행히도 그 사과는 아무런 피해 없이 미끄러져 떨어졌다.

Cependant, la pomme lancée ensuite était plus précise.

하지만 그 후에 던진 사과는 더 정확했습니다.

Et cette pomme s'est logée profondément dans le dos de Gregor.

그리고 그 사과는 그레고르의 등에 깊숙이 박혔다.

Gregor voulait s'éloigner de la douleur.

그레고르는 그 고통에서 벗어나고 싶었다.

Peut-être pourrait-on échapper à cette nouvelle douleur inimaginable.

어쩌면 이 새롭고 믿을 수 없는 고통에서 벗어날 수 있을지도 모른다.

Un changement d'endroit pourrait peut-être soulager son supplice.

어쩌면 장소를 옮기면 그의 고통이 줄어들지도 모른다.

Mais il avait l'impression d'être cloué au sol.

하지만 그는 마치 바닥에 못 박힌 것처럼 꼼짝 못 하게 된 기분이었다.

Il s'étira, mais seulement à cause de sa confusion.

그는 혼란스러움 때문에 몸을 쭉 뻗었다.

Ce n'est qu'à son dernier regard qu'il vit la porte s'ouvrir.

그는 마지막으로 한눈을 돌렸을 때에야 문이 열리는 것을 보았다.

La mère s'est précipitée devant sa sœur qui hurlait.

어머니는 비명을 지르는 여동생 앞으로 뛰쳐나갔다.

Sa sœur l'avait déshabillée, elle était donc encore en chemise.

언니가 그녀의 옷을 벗겨 놓았기 때문에 그녀는 셔츠만 입고 있었다.

Elle avait besoin de respirer pendant son inconscience.

그녀는 무의식 상태에서 숨 쉴 공간이 필요했다.

Il voyait encore la mère courir vers le père.

그는 어머니가 아버지에게 달려가는 모습을 여전히 보았다.

Ses jupes glissèrent au sol, l'une après l'autre.

그녀의 치마가 하나씩 차례로 땅에 떨어졌다.

Il la vit s'approcher du père et trébucher sur sa jupe.

그는 그녀가 아버지에게 다가가다가 치마에 걸려 넘어지는 것을
보았다.

L'enlaçant, elle demanda qu'on épargne la vie de Gregor.

그녀는 그를 껴안으며 그레고르의 목숨을 살려달라고 간청했다.

En parfaite harmonie avec son corps, sa vue s'est éteinte.

그는 몸과 완전히 하나가 된 듯 시력을 잃었다.

Troisième partie
제3부

Gregor a souffert de cette grave blessure pendant plus d'un mois.

그레고르는 한 달 넘게 심각한 부상으로 고통받았습니다.

La pomme restait incrustée ; personne n'osait l'enlever.

사과는 박힌 채로 남아 있었고, 아무도 감히 빼내려 하지 않았다.

La pomme restait plantée dans sa chair comme un rappel visible.

사과는 그의 몸에 남아 눈에 보이는 증거로 남아 있었다.

Mais la pomme servait aussi de rappel au père.

하지만 그 사과는 아버지에게 어떤 사실을 상기시키는 역할도 했습니다.

Il comprit que Gregor ne devait pas être traité comme un ennemi.

그는 그레고르를 적으로 취급해서는 안 된다는 것을 깨달았다.

Actuellement, son apparence pourrait être triste et repoussante.

현재 그의 모습은 슬프고 혐오스러울지도 모릅니다.

Mais il restait néanmoins un membre de leur famille.

하지만 그럼에도 불구하고 그는 여전히 그들의 가족 구성원이었다.

Il a fallu accepter et tolérer cette réticence.

꺼림은 감수하고 참아내야 했다.

En raison de sa blessure, il risque fort de perdre sa mobilité à jamais.

부상으로 인해 그는 영구적으로 움직일 수 없게 될 가능성이 높습니다.

Il continuait à ramper dans sa chambre, mais beaucoup plus lentement.

그는 여전히 방 안을 기어 다녔지만, 훨씬 느려졌다.

Ramper à une quelconque hauteur était hors de question.

높은 곳에서 기어가는 것은 절대 불가능했다.

Mais Gregor a bien reçu une forme de compensation.

하지만 그레고르는 어떤 형태로든 보상을 받았습니다.

Le soir, la porte du salon lui fut ouverte.

저녁이 되자 거실 문이 그를 위해 열렸다.

Et il estimait que ces réparations étaient tout à fait adéquates.

그는 이러한 배상이 완전히 적절하다고 생각했습니다.

Avant le soir, il avait déjà commencé à surveiller la porte.

저녁이 되기 전부터 그는 이미 문을 주시하기 시작했다.

Il était allongé dans l'obscurité, invisible depuis le salon.

그는 거실에서 보이지 않는 어둠 속에 누워 있었다.

Il pouvait voir toute la famille à la table illuminée.

그는 불이 켜진 식탁에 온 가족이 둘러앉아 있는 것을 볼 수 있었다.

Il était désormais autorisé à écouter leurs conversations.

이제 그는 그들의 대화를 들을 수 있게 되었다.

C'était très différent de leur arrangement précédent.

이는 이전의 계약과는 상당히 달랐다.

Les conversations animées d'autrefois étaient terminées.

이전처럼 활발하게 오가던 대화는 끝났다.

C'étaient ces conversations qu'il désirait tant.

그가 늘 갈망하던 대화들이 바로 이런 것들이었다.

Lorsqu'il dormait seul dans de petites chambres d'hôtel.

그가 작은 호텔 방에서 혼자 잠을 자던 시절.

Quand il a dû se jeter dans les draps humides.

그는 어쩔 수 없이 축축한 침대 시트 속으로 몸을 던졌다.

Mais les soirées étaient désormais généralement calmes et sans incident.

하지만 이제 저녁 시간은 대체로 조용하고 별다른 일 없이
지나갔다.

Le père s'est endormi dans son fauteuil après le dîner.
아버지는 저녁 식사 후 안락의자에 앉아 잠이 들었다.

Et la mère et la sœur s'exhortaient mutuellement à se taire.
어머니와 여동생은 서로에게 조용히 하라고 재촉했다.

La mère, penchée très haut sur la lampe, cousait du lin.
어머니는 몸을 빛에 바짝 기대고 리넨을 꿰매고 있었다.

**Elle confectionne maintenant des robes pour l'un des
magasins de mode.**
그녀는 현재 패션 매장 중 한 곳에서 드레스를 만들고 있습니다.

**Comme Gregor, sa sœur avait trouvé un emploi de
vendeuse.**
그레고르처럼 여동생도 판매원으로 취직했다.

Elle apprenait la sténographie et le français le soir.
그녀는 저녁에 속기와 프랑스어를 배우고 있었다.

**Afin qu'elle puisse peut-être obtenir un meilleur poste plus
tard.**
그러면 나중에 더 나은 직책을 얻을 수 있을지도 몰라요.

Parfois, le père se réveillait de sa sieste du soir.
아버지는 가끔 저녁 낮잠에서 깨어나곤 했다.

**« Chérie, tu as déjà cousu tellement longtemps aujourd'hui !
»**
"여보, 오늘 벌써 이렇게 오래 바느질했네!"

Il semblait avoir oublié qu'il dormait.
그는 자신이 잠들어 있었다는 사실을 잊은 듯했다.

Mais il retombait aussitôt dans son sommeil.
하지만 그는 곧바로 다시 잠에 빠져들었다.

Et la mère et la sœur s'échangèrent un sourire las.
어머니와 여동생은 서로를 향해 지친 미소를 지었다.

Le père avait développé une étrange nouvelle obstination.

아버지는 이상하리만치 새로운 고집을 부리기 시작했다.

Même chez lui, il refusait d'enlever son uniforme de domestique.

그는 집에서조차 하인복을 벗으려 하지 않았다.

Et son peignoir pendait inutilement sur le cintre.

그리고 그의 잠옷은 옷걸이에 아무 쓸모 없이 걸려 있었다.

Le père dormit donc, tout habillé, dans son fauteuil.

그래서 아버지는 옷을 다 입은 채로 안락의자에 앉아 잠들었다.

C'était comme s'il était toujours prêt à rendre service.

그는 마치 언제나 봉사할 준비가 되어 있는 것 같았다.

Comme s'il attendait simplement la voix de son supérieur.

마치 상관의 목소리만 기다리고 있는 듯했다.

Cela a eu pour conséquence que son uniforme a perdu sa propreté.

이로 인해 그의 제복은 깨끗함을 잃게 되었다.

Bien que l'uniforme ne fût pas neuf lorsqu'il l'a reçu.

그가 그 제복을 받았을 때도 새것은 아니었다.

Et la mère faisait de son mieux pour prendre soin de l'uniforme.

어머니는 최선을 다해 제복을 돌보았습니다.

Gregor passait des soirées entières à contempler cet uniforme.

그레고르는 저녁 내내 이 제복을 바라보곤 했다.

Il observa le vieil homme dormir très mal.

그는 노인이 몹시 불편하게 잠든 모습을 지켜보았다.

Mais dans son sommeil, il remarqua aussi quelque chose de paisible.

하지만 그는 잠결에 평화로운 무언가를 알아차렸다.

Lorsque l'horloge a sonné dix heures, la mère a essayé de le réveiller.

시계가 10시를 가리키자 어머니는 그를 깨우려고 애썼다.

Elle lui parla doucement et le persuada d'aller se coucher.

그녀는 조용히 말하며 그를 설득해 잠자리에 들게 했다.

Parce que dormir sur un fauteuil, ce n'était pas du vrai sommeil.

안락의자에서 자는 것은 진정한 잠이 아니었기 때문이다.

Il allait devoir commencer à travailler à six heures.

그는 6시에 출근해야 했다.

Il avait donc vraiment besoin de dormir le mieux possible.

그래서 그는 최대한 숙면을 취해야 했다.

Mais il était pris d'une nouvelle forme d'obstination.

하지만 그는 이전과는 다른 형태의 고집에 사로잡혀 있었다.

Le fait de devenir serviteur avait commencé à avoir cet effet sur lui.

하인이 된 것이 그에게 이런 영향을 미치기 시작했다.

Il insistait donc toujours pour rester plus longtemps à table.

그래서 그는 항상 식탁에 더 오래 앉아 있겠다고 고집했다.

Bien qu'il se rendormît régulièrement dans son fauteuil.

하지만 그는 종종 의자에서 다시 잠이 들곤 했다.

Et il ne pouvait être déplacé qu'avec la plus grande difficulté.

그는 마음을 움직이는 데 극도로 어려움을 겪었다.

Il a fallu lui dire que ce lit lui conviendrait mieux.

그에게 침대가 더 편할 거라고 말해줘야 했다.

La mère et la sœur ont dû insister, malgré quelques avertissements.

어머니와 누나는 작은 경고를 거듭하며 끈질기게 설득해야 했다.

Pendant quinze minutes, il se contenta de secouer lentement la tête.

그는 15분 동안 천천히 고개만 저었다.

Et il garda les yeux fermés et refusa de se lever.

그는 눈을 감은 채 일어나기를 거부했다.

La mère tira doucement, mais fermement, sur sa manche.

어머니는 그의 소매를 부드럽지단 단호하게 잡아당겼다.

Et elle lui murmurait des mots flatteurs à l'oreille, encore fatiguée.

그리고 그녀는 그의 지친 귀에 아첨하는 말을 속삭였다.

La sœur a interrompu sa tâche pour aider sa mère.

여동생은 어머니를 돕기 위해 하던 일을 멈췄다.

Mais aucun de leurs efforts n'a fonctionné sur le père.

하지만 그들의 노력은 아버지에게 아무런 효과가 없었다.

Il s'enfonça encore plus profondément dans son fauteuil, prêt à dormir.

그는 의자에 더욱 깊숙이 파묻혀 잠들 준비를 했다.

Et finalement, les femmes l'ont attrapé sous les aisselles.

그리고 마침내 여자들이 그의 겨드랑이를 잡았다.

Il ouvrit les yeux et les regarda tour à tour.

그는 눈을 뜨고 그들을 번갈아 바라보았다.

« Quelle vie ! » se plaignit-il en allant se coucher.

"이게 무슨 인생이야," 그는 잠자리에 들면서 불평했다.

« Est-ce là la paix qui m'a été accordée dans ma vieillesse ? »

"이것이 내가 노년에 얻은 평화인가?"

Mais alors, s'appuyant sur les deux femmes, il se leva maladroitement.

그러나 그는 두 여자에게 기대어 어색하게 일어섰다.

Il agissait comme s'il portait le fardeau le plus lourd.

그는 마치 세상에서 가장 무거운 짐을 짊어진 것처럼 행동했다.

Il laissa les deux femmes le conduire au fond de la pièce.

그는 두 여자가 자신을 방 끝까지 안내하도록 내버려 두었다.

Là, il leur souhaita bonne nuit et poursuivit son chemin seul.

그는 그들에게 잘 자라고 인사한 후 혼자 길을 떠났다.

Mais la mère jeta précipitamment son nécessaire à couture.

하지만 어머니는 황급히 바느질 도구를 내던졌다.

Et la sœur posa elle aussi le stylo et le bloc-notes.

그러자 여동생도 펜과 메모장을 내려놓았다.

Et ils coururent derrière le père pour l'aider davantage.

그리고 그들은 아버지를 돕기 위해 뒤따라 달려갔습니다.

Qui, dans cette famille surmenée, avait du temps à consacrer à Gregor ?

이 과로에 시달리는 가족 중에서 누가 그레고르에게 신경 쓸

시간이 있었겠는가?

Qui aurait pu lui accorder plus d'attention que nécessaire ?

누가 그에게 필요 이상으로 관심을 주었겠는가?

Le budget des ménages est devenu de plus en plus restreint.

가계 예산이 점점 더 빠듯해졌다.

Finalement, pour faire des économies, ils ont dû licencier la bonne.

결국, 비용을 절감하기 위해 그들은 가정부를 해고해야 했습니다.

Elle fut remplacée par une femme à la carrure imposante et aux cheveux blancs.

그녀는 체격이 굵고 백발인 여자로 교체되었다.

Mais cette femme ne venait que le matin et le soir.

하지만 이 여자는 아침과 저녁에만 왔다.

Et tout le travail le plus lourd et le plus pénible lui avait été réservé.

그리고 가장 힘들고 고된 일은 모두 그녀에게 맡겨졌다.

Toutes les autres tâches ménagères étaient prises en charge par la mère.

나머지 집안일은 모두 어머니가 처리하셨다.

Il est même arrivé que plusieurs bijoux de famille soient vendus.

심지어 가문의 보석 몇 점이 팔리기도 했다.

Des bijoux que les femmes avaient portés avec joie lors des festivités.

여성들이 축하 행사 동안 기쁘게 착용했던 보석들.

Gregor a appris cela lors d'une discussion générale.

그레고르는 일반 토론 중 하나에서 이 사실을 알게 되었습니다.

Le principal grief, cependant, portait sur autre chose.

하지만 가장 큰 불만은 다른 것이었습니다.

L'appartement était trop grand, mais ils ne pouvaient pas déménager.

아파트가 너무 컸지만, 그들은 이사할 수 없었다.

Il était impossible de déplacer Gregor.

그들이 그레고르를 다른 곳으로 옮길 방법은 전혀 없었다.

Mais Gregor comprit que ce n'était pas seulement une question de considération.

하지만 그레고르는 그것이 단순히 고려 사항만이 아니라는 것을 깨달았다.

Quelque chose d'autre les a empêchés de déménager ailleurs.

다른 무언가가 그들이 다른 곳으로 이사하는 것을 막았습니다.

Il aurait facilement pu être transporté dans une caisse appropriée.

적당한 상자에 넣어 운반하면 쉽게 될 일이었다.

Leur sentiment de désespoir total les a paralysés.

절망감에 사로잡힌 그들은 앞으로 나아가지 못했다.

Ils ne voulaient pas admettre que le malheur les avait frappés.

그들은 불행이 닥쳤다는 사실을 인정하고 싶지 않았다.

Ils ont accompli ce que le monde exige des pauvres.

세상이 가난한 사람들에게 요구하는 것을 그들은 충족시켰다.

Le père a apporté le petit déjeuner au jeune employé de banque.

아버지는 어린 은행원을 위해 아침 식사를 가져다주었다.

La mère s'est sacrifiée pour laver le linge d'inconnus.

어머니는 낯선 사람들의 빨래를 위해 자신을 희생했다.

La sœur faisait des allers-retours pour prendre les commandes des clients.

여동생은 손님들의 주문을 받기 위해 이리저리 뛰어다녔다.

Mais ils n'avaient tout simplement plus la force d'en faire plus.

하지만 그들에게는 더 이상 할 힘이 없었습니다.

La blessure dans le dos de Gregor commença à le faire encore plus souffrir.

그레고르의 등에 난 상처가 더욱 아프기 시작했다.

Chaque soir, la mère et la sœur amenaient le père au lit.

매일 밤 어머니와 누나는 아버지를 침대로 모셔다 드렸습니다.

Ils laissèrent leur travail où il était et s'assirent ensemble.

그들은 하던 일을 그 자리에 그대로 두고 함께 앉았다.

Ils se rapprochèrent et s'assirent joue contre joue.

그들은 서로 더 가까이 다가가 뺨을 맞대고 앉았다.

La mère désigna la pièce d'où il observait.

어머니는 그가 지켜보고 있던 방을 가리켰다.

« Pourriez-vous fermer la porte ? » demanda-t-elle à sa sœur.

"문 좀 닫아주시겠어요?" 그녀가 여동생에게 물었다.

Et Gregor se retrouva de nouveau seul dans le noir.

그리고 그레고르는 다시 어둠 속에 홀로 남겨졌다.

Et dans la pièce voisine, la femme mêla leurs larmes.

그리고 옆방에서 여자는 그들의 눈물을 섞었다.

Ou bien ils restaient assis, les yeux secs, fixant simplement la table.

혹은 눈물 한 방울 흘리지 않고 그저 테이블을 응시하고 있었다.

Gregor ne dormait pratiquement pas, ni la nuit ni le jour.

그레고르는 밤낮으로 거의 잠을 자지 못했다.

Il réfléchissait souvent à la façon dont il pourrait aider sa famille.

그는 어떻게 하면 가족을 도울 수 있을지 자주 생각했다.

Il songea à gagner à nouveau de l'argent pour eux.

그는 그들을 위해 다시 돈을 벌어야겠다고 생각했다.

Il songea à faire ce qu'il faisait autrefois pour eux.

그는 예전에 그들을 위해 해줬던 일을 다시 해볼까 생각했다.

Le représentant autorisé lui revint dans ses pensées.

그의 생각 속에 대리인의 생각이 다시 떠올랐다.

Et cette fois, le patron est également venu à l'appartement.

이번에는 사장님도 아파트로 오셨습니다.

Et les commis et les apprentis étaient là aussi.

그리고 사무원들과 견습생들도 그곳에 있었다.

Même le domestique un peu simplet est venu le voir.

심지어 머리가 좀 둔한 사무실 하인까지 그를 보러 왔다.

Il y avait deux ou trois amis d'autres entreprises.

다른 회사에서 온 친구들이 두세 명 있었다.

Une des femmes de chambre d'un hôtel de province.

지방의 한 호텔에서 일하는 객실 청소부 중 한 명.

Un souvenir précieux et fugace auquel il s'efforçait de s'accrocher.

그는 소중하지만 덧없는 기억을 붙잡으려 애썼다.

Une caissière d'une chapellerie pour laquelle il avait des intentions.

그가 마음을 두고 있던 모자 가게 계산원.

Mais il avait été un peu trop lent à obtenir son approbation.

하지만 그는 그녀의 호감을 얻기에는 약간 늦었다.

Ils lui apparurent tous, mêlés à des inconnus.

그들은 모두 낯선 사람들과 뒤섞여 그의 생각 속에 나타났다.

Et d'autres n'apparurent pas ; ils étaient déjà oubliés.

그리고 다른 이들은 나타나지 않았습니다. 그들은 이미 잊혀졌습니다.

Mais ils ne l'ont pas aidé, ni lui, ni sa famille.

하지만 그들은 그를 돕지 않았고, 가족도 돕지 않았다.

Ils étaient inaccessibles, et il était content quand ils sont partis.

그들은 접근할 수 없었고, 그는 그들이 떠났을 때 기뻐했다.

Il n'était pas toujours d'humeur à se soucier de sa famille.

그는 항상 가족 걱정을 할 기분이 아니었습니다.

Et il était rempli de rage à cause de ce manque d'attention.

그는 관심을 받지 못한 것에 분노로 가득 찼다.

Et il ne pouvait imaginer rien qui puisse lui faire envie.

그리고 그는 자신이 무엇을 먹고 싶어하는지 전혀 상상할 수
없었다.

Mais il avait tout de même prévu de cambrioler le garde-manger.

하지만 그는 여전히 식료품 저장실에 침입할 계획을 세웠다.

Et il allait prendre tout ce qui lui était dû.

그리고 그는 자신이 마땅히 받아야 할 모든 것을 가져갈
작정이었다.

Sa sœur ne faisait plus aucun effort particulier pour lui.

여동생은 더 이상 그를 위해 특별한 노력을 기울이지 않았다.

Elle ne consacrait plus de temps à chercher à lui plaire.

그녀는 더 이상 그를 기쁘게 하려고 애쓰지 않았다.

**Avant d'aller travailler, elle a rapidement glissé de la
nourriture dans la pièce.**

출근 전에 그녀는 재빨리 음식을 방으로 밀어 넣었다.

Et le soir venu, elle a rapidement ramassé les restes.

그리고 저녁이 되자 그녀는 재빨리 음식을 다시 쓸어 담았다.

Elle ne faisait plus attention à savoir s'il avait mangé ou non.

그가 밥을 먹었는지 안 먹었는지는 이제 그녀에게 중요하지
않았다.

Le plus souvent, la nourriture restait intacte.

이제는 음식이 손도 대지 않은 채 남겨지는 경우가 대부분이었다.

Elle continuait de traverser la pièce rapidement le soir.

그녀는 여전히 저녁에 방을 빠르게 훑어보곤 했다.

**Mais maintenant, elle se contentait du strict minimum, aussi
vite que possible.**

하지만 이제 그녀는 최소한의 일만 최대한 빨리 처리했다.

Des traînées de saleté jonchaient les murs.

벽을 따라 흙먼지 자국이 남아 있었다.

Des boules de poussière et de détritus jonchaient le sol.

바닥에는 먼지와 쓰레기 덩어리들이 널려 있었다.

Gregor manifesta son désapprobation face à son manque d'attention.

그레고르는 그녀의 무관심에 불만을 드러냈다.

Il se tourna selon un angle particulièrement significatif.

그는 몸을 상당히 비스듬한 각도로 돌렸다.

Mais il aurait pu rester à ce poste pendant des semaines.

하지만 그는 몇 주 동안 그 자리에 머물 수도 있었습니다.

Sa sœur n'aurait pas remarqué son mécontentement.

그의 여동생은 그의 불만을 눈치채지 못했을 것이다.

Elle voyait la saleté aussi bien que lui, voire mieux.

그녀는 그 못지않게, 어쩌면 그보다 더 먼지를 잘 보았다.

Mais elle avait décidé de laisser la saleté où elle était.

하지만 그녀는 흙을 그 자리에 그대로 두기로 결정했다.

À cette époque, elle a développé une sensibilité totalement nouvelle.

그 당시 그녀는 완전히 새로운 감수성을 갖게 되었다.

Elle s'était donné pour mission de nettoyer la chambre de Gregor.

그녀는 그레고르의 방 청소를 자신의 책임으로 삼았다.

La famille a été touchée par sa gentillesse et sa prévenance.

가족들은 그녀의 따뜻한 배려에 감동했습니다.

Une fois, sa mère avait nettoyé sa chambre de fond en comble.

어머니는 예전에 그의 방을 구석구석 청소한 적이 있었다.

Ce n'est qu'après avoir utilisé plusieurs seaux d'eau qu'elle a réussi.

그녀는 몇 양동이의 물을 사용한 후에야 성공했다.

Cependant, l'humidité nouvelle dans la pièce a nui à Gregor.

하지만 방 안의 새로운 습기는 그레고르에게 해로웠다.

Et il gisait, étendu de tout son long, amer et immobile sur le canapé.

그는 소파에 웅크리고 누워 쓰라린 표정으로 미동도 하지 않았다.

Mais ce n'était que sa première punition pour avoir aidé.

하지만 그것은 그녀가 도움을 준 것에 대한 첫 번째 처벌일 뿐이었다.

La sœur remarqua rapidement le changement dans la chambre de Gregor.

여동생은 그레고르의 방에 생긴 변화를 금세 알아차렸다.

Et elle s'est précipitée dans le salon, extrêmement insultée.

그녀는 몹시 모욕감을 느껴 거실로 뛰어들어갔다.

Sa mère leva les mains et tenta de la supplier.

어머니는 두 손을 들고 간절히 애원하려 했다.

Mais malgré une explication sincère, elle a éclaté en sanglots.

하지만 진심 어린 설명에도 불구하고 그녀는 울음을 터뜨렸다.

Le père, bien sûr, sursauta et se leva de sa chaise.

아버지는 당연히 깜짝 놀라 의자에서 벌떡 일어났다.

Et les deux parents regardaient, stupéfaits et impuissants.

두 부모는 놀라고 어쩔 줄 몰라하며 그 모습을 지켜보았다.

Et finalement, leurs émotions s'agitèrent elles aussi.

결국 그들의 감정도 동요하게 되었다.

Le père a reproché à la mère ce qu'elle avait fait.

아버지는 어머니가 한 일에 대해 그녀를 꾸짖었다.

« Tu aurais dû laisser la chambre à Grete pour qu'elle la nettoie. »

"그레테에게 청소할 수 있도록 방을 비워줬어야지."

Grete a crié sur sa mère parce qu'elle avait nettoyé sa chambre.

그레테는 엄마가 자기 방을 청소하는 것을 보고 소리를 질렀다.

«Tu n'as plus jamais le droit de nettoyer sa chambre !»

"너는 앞으로 절대로 그의 방을 청소할 수 없어!"

La mère a essayé d'entraîner le père dans la chambre.

어머니는 아버지를 침실로 끌고 가려고 했다.

La sœur resta seule dans la pièce, tremblante et sanglotant.

여동생은 방에 남아 몸을 떨며 흐느꼈다.

Et elle frappa la table avec ses petits poings.

그리고 그녀는 작은 주먹으로 테이블을 쾅쾅 내리쳤다.

Et Gregor siffla bruyamment de colère contre eux tous.

그러자 그레고르는 그들 모두에게 화를 내며 큰 소리로 쉿 소리를 냈다.

Pourquoi personne n'avait-il pensé à lui fermer la porte ?

왜 아무도 그를 위해 문을 닫아줄 생각을 하지 않았을까?

Ils auraient pu lui épargner ce spectacle et ce bruit.

그들은 그에게 이런 광경과 소음을 보여주지 않았어야 했다.

Sa sœur était épuisée après être rentrée du travail.

여동생은 퇴근 후 집에 와서 몹시 지쳐 있었다.

**Et s'occuper de Gregor représentait encore plus de travail
pour elle.**

그리고 그레고르를 돌보는 것은 그녀에게 훨씬 더 힘든 일이었다.

Mais cela ne signifie pas que la mère aurait dû le faire.

하지만 그렇다고 해서 어머니가 그렇게 했어야 했다는 뜻은 아닙니다.

Gregor, en revanche, ne doit pas être négligé.

반면 그레고르는 소홀히 여겨서는 안 된다.

**Mais maintenant, ils avaient une nouvelle bonne qui
pouvait faire ce genre de choses.**

하지만 이제 그들에게는 그런 일들을 할 수 있는 새로운 가정부가 생겼다.

Une veuve âgée à la charpente osseuse robuste.

골격이 튼튼한 노년의 과부.

Une stature qui l'a aidée à survivre à sa vie difficile.

그녀의 큰 체격은 힘겨운 삶을 헤쳐나가는 데 도움이 되었습니다.

L'apparence de Gregor ne lui déplaisait pas vraiment.

그녀는 그레고르의 외모에 대해 특별히 반감을 갖고 있지 않았다.

Elle avait ouvert la porte de la chambre de Gregor par inadvertance.

그녀는 실수로 그레고르의 방 문을 열어버렸다.

Ce n'était pas par curiosité particulière à propos de la pièce.

그 방에 대한 특별한 호기심 때문은 아니었어요.

Elle faisait simplement son travail et a ouvert la porte par hasard.

그녀는 그저 자기 일을 하고 있었을 뿐이고, 우연히 문을 열었을 뿐입니다.

Gregor, bien sûr, fut complètement surpris par elle.

그레고르는 당연히 그녀의 행동에 완전히 놀랐다.

Il n'était pas poursuivi, mais il courait d'avant en arrière.

그는 쫓기고 있는 것은 아니었지만, 이리저리 뛰어다녔다.

Elle croisa simplement les bras et le regarda ramper.

그녀는 팔짱을 끼고 그가 기어가는 모습을 지켜보았다.

Depuis lors, elle lui entrouvrait toujours un peu la porte.

그 이후로 그녀는 항상 그를 위해 문을 조금씩 열어주었다.

Un matin, elle a jeté un coup d'œil pour voir comment il allait.

아침에 그녀는 그가 어떻게 지내는지 보려고 방 안을 들여다보았다.

Et le soir, elle est allée prendre de ses nouvelles avant de partir.

그리고 저녁에 그녀는 떠나기 전에 그의 상태를 확인했다.

Au début, elle a aussi essayé de l'appeler pour qu'il vienne la rejoindre.

처음에 그녀도 그에게 오라고 전화하려고 했다.

« Viens par ici, vieux bousier ! » disait-elle.

"이리 와 봐, 늙은 쇠똥구리야!" 그녀는 늘 그렇게 말하곤 했다.

Ou bien elle disait, amicalement : « Regardez ce vieux bousier ! »

혹은 그녀는 "저 늙은 쇠똥구리 좀 봐!"라고 친근하게 말했죠.

Gregor n'a jamais réagi lorsqu'on lui parlait de cette façon.

그레고르는 그런 식으로 말을 걸면 절대 반응하지 않았다.

Il resta là, immobile, et l'ignora.

그는 움직이지 않고 그 자리에 그대로 서서 그녀를 무시했다.

« Si seulement on lui avait expliqué comment faire correctement son travail. »

"그녀에게 일을 제대로 하는 방법을 알려줬더라면 좋았을 텐데."

« Au lieu de me déranger, elle devrait nettoyer ma chambre. »

"나를 귀찮게 하지 말고 내 방이나 청소해 줘야지."

Tôt le matin, une forte pluie a frappé les fenêtres.

어느 이른 아침, 폭우가 창문을 강타했다.

Peut-être la pluie était-elle déjà un signe du printemps à venir.

어쩌면 그 비는 이미 봄이 오고 있다는 신호였을지도 모른다.

La bonne recommença à lui parler de cette façon.

하녀는 다시 그런 식으로 그에게 말을 걸기 시작했다.

Gregor était tellement amer qu'il se tourna vers elle.

그레고르는 너무나 분개하여 그녀를 향해 몸을 돌렸다.

Il était lent et infirme, mais c'était une sorte d'attaque.

그는 느리고 허약했지만, 일종의 발작이었습니다.

La bonne, en revanche, n'avait absolument pas peur de Gregor.

하지만 하녀는 그레고르를 전혀 두려워하지 않았다.

Au lieu de cela, elle souleva une chaise qui se trouvait près de la porte.

대신 그녀는 문 근처에 있던 의자를 들어 올렸다.

Et elle resta là, calmement, la bouche grande ouverte.

그녀는 입을 크게 벌린 채 태연하게 서 있었다.

Ses intentions étaient claires, même Gregor pouvait le voir.

그녀의 의도는 분명했고, 그레고르조차도 그것을 알 수 있었다.

Et il se retourna lentement pour reprendre sa position initiale.

그리고 그는 천천히 몸을 돌려 원래 자리로 돌아갔다.

« Donc vous ne voulez pas vous approcher davantage, n'est-ce pas ? »

"그럼 더 가까이 오고 싶지 않다는 거죠?"

Et elle remit discrètement la chaise dans le coin.

그리고 그녀는 조용히 의자를 구석에 다시 놓았다.

Gregor ne mangeait presque plus rien.

그레고르는 이제 거의 아무것도 먹지 않았다.

Parfois, lors de ses promenades dans la pièce, il s'arrêtait.

그는 방 안을 걷다가 가끔씩 멈춰 서곤 했다.

Et il se retrouva à côté du repas qui lui avait été préparé.

그리고 그는 자신을 위해 준비된 음식 옆에 서 있는 자신을 발견했다.

Il mit la nourriture dans sa bouche, mais seulement pour jouer avec.

그는 음식을 입에 넣었지만, 그저 가지고 놀기 위해서였다.

Et bien souvent, il le recrachait quelques heures plus tard.

그리고 그는 종종 몇 시간 후에 그것을 다시 뱉어내곤 했습니다.

Il essaya de trouver une raison à son manque d'appétit.

그는 식욕이 없는 이유를 찾으려 애썼다.

Peut-être parce qu'il était triste de l'état de sa chambre.

아마도 그는 자기 방 상태가 마음에 들지 않아 슬펐기 때문일 것이다.

Mais il s'était fait à l'idée des changements survenus dans la pièce.

하지만 그는 방 안의 변화에 어느 정도 적응했다.

Récemment, sa chambre était devenue une sorte de débarras.

최근 그의 방은 마치 창고처럼 변해버렸다.

Ils avaient pris l'habitude de laisser des choses là.

그들은 거기에 물건을 두고 가는 습관이 생겼다.

Et il restait maintenant beaucoup de choses de ce genre dans sa chambre.

이제 그의 방에는 그런 물건들이 많이 남아 있었다.

Parce qu'une chambre de l'appartement avait été louée.

아파트의 방 하나가 세를 놓았기 때문입니다.

Trois messieurs sérieux louaient la chambre ensemble.

세 명의 성실한 신사분들이 함께 방을 빌려 쓰고 있었다.

Gregor les avait aperçus un jour à travers une fente dans la porte.

그레고르는 문틈으로 그들을 본 적이 있다.

Ils portaient des barbes fournies et étaient habillés avec un soin méticuleux.

그들은 덥수룩한 수염을 기르고 있었고, 옷차림도 매우 단정했다.

Ils étaient scrupuleux quant à la propreté des lieux.

그들은 모든 것을 깔끔하게 유지하는 데 매우 꼼꼼했다.

Leur obsession pour la propreté ne s'arrêtait pas à leur chambre.

그들의 깔끔함에 대한 집착은 방에만 그치지 않았다.

L'appartement entier devait être maintenu d'une propreté impeccable.

아파트 전체를 완벽하게 깨끗하게 유지해야 했습니다.

Ils étaient encore plus pointilleux sur l'apparence de la cuisine.

그들은 주방의 외관에 대해서도 훨씬 더 까다로웠다.

Et ils ne supportaient aucun encombrement inutile.

그리고 그들은 불필요한 잡동사니를 전혀 용납할 수 없었습니다.

Ils avaient également apporté leurs propres meubles.

그들은 자신들의 가구도 함께 가져왔다.

C'est pourquoi beaucoup de choses étaient devenues superflues.

이러한 이유로 많은 것들이 불필요해졌다.

C'étaient des choses pour lesquelles personne n'aurait payé.

그것들은 아무도 돈을 주고 사려 하지 않는 물건들이었다.

Mais la famille ne voulait pas non plus se débarrasser de ces objets.

하지만 가족들은 이런 물건들을 버리고 싶지도 않았습니다.

Tous ces objets ont fini quelque part dans la chambre de Gregor.

이 모든 물건들은 그레고르의 방 어딘가로 들어갔다.

Le cendrier de la cuisine se trouvait désormais dans sa chambre.

부엌에 있던 재떨이는 이제 그의 방에 놓여 있었다.

Et les ordures étaient entreposées dans sa chambre jusqu'au jour de la collecte.

그리고 쓰레기는 수거일까지 그의 방에 보관되었다.

La bonne a jeté dans sa chambre tout ce dont elle n'avait pas besoin.

하녀는 필요 없는 물건들을 그의 방에 던져 넣었다.

Heureusement, il n'a vu que la main et l'objet.

다행히 그는 손과 물건 외에는 아무것도 보지 못했습니다.

Elle comptait probablement revenir chercher les affaires plus tard.

아마 나중에 물건들을 가지러 다시 오려고 했던 것 같아요.

Ou peut-être voulait-elle tout jeter d'un coup.

어쩌면 그녀는 모든 걸 한꺼번에 버리고 싶었을지도 몰라.

Cependant, tout est resté là où il s'était initialement posé.

하지만 모든 것은 처음 떨어졌을 때 그대로 남아 있었다.

À moins que Gregor n'ait déplacé les débris en se faufilant à travers.

그레고르가 그 쓰레기 더미 사이를 비집고 들어가 옮기지 않는 한
말이다.

Au début, il a été obligé de ramper à travers tous les détritus.

처음에 그는 온갖 잡동사니 속을 기어 다녀야 했다.

Il lui était impossible d'éviter cela.

그에게는 그렇게 하지 않을 방법이 없었다.

Mais plus tard, il a finalement trouvé du plaisir dans cette activité.

하지만 나중에 그는 오히려 이 활동에서 즐거움을 찾게
되었습니다.

Bien que ces efforts l'aient laissé triste et profondément fatigué.

그러한 노력은 그에게 슬픔과 극심한 피로감을 안겨주었지만.

Et ensuite, il est resté incapable de bouger pendant de nombreuses heures.

그 후 그는 몇 시간 동안 움직일 수 없었다.

Les locataires prenaient parfois leurs repas dans le salon.

하숙생들은 때때로 거실에서 식사를 했다.

La porte du salon restait fermée ces soirs-là.

그 저녁들 동안 거실 문은 닫혀 있었다.

Mais Gregor n'avait aucune difficulté à ne pas ouvrir la porte à présent.

하지만 그레고르는 이제 문을 열지 않는 데 아무런 어려움이
없었다.

Même lorsque la porte était ouverte, il ne regardait pas toujours dehors.

문이 열려 있어도 그는 항상 밖을 내다보지는 않았다.

Mais il s'allongea dans le coin le plus sombre de la pièce.

하지만 그는 방의 가장 어두운 구석에 몸을 숨겼다.

La famille n'a pas non plus remarqué son manque d'attention.

가족들도 그의 무관심을 눈치채지 못했다.

Mais une fois, la bonne a laissé la porte ouverte.

하지만 한번은 하녀가 문을 열어둔 채로 나간 적이 있었어요.

La porte est restée ouverte même au retour des locataires.

하숙인들이 돌아왔을 때도 문은 열려 있었다.

Et la porte était ouverte quand la lumière a été allumée.

불이 켜졌을 때 문은 열려 있었다.

L'homme était assis à la table où la famille dînait.

그 남자는 가족들이 저녁 식사를 하는 테이블에 앉았다.

Autrefois, père, mère et Gregor étaient assis là.

아버지, 어머니, 그리고 그레고르가 예전에 그곳에 앉아 계셨습니다.

Ils déplièrent les serviettes et prirent des couteaux et des fourchettes.

그들은 냅킨을 펼치고 나이프와 포크를 집어 들었다.

La mère apparut sur le seuil avec un bol de viande.

어머니는 고기가 담긴 그릇을 들고 문간에 나타났다.

Puis sa sœur est entrée avec un bol plein de pommes de terre.

그러자 여동생이 감자가 가득 담긴 그릇을 들고 들어왔다.

Les locataires se penchèrent sur les bols placés devant eux.

하숙인들은 앞에 놓인 그릇 위로 몸을 숙였다.

L'épaisse fumée des aliments leur montait jusqu'au nez.

음식에서 피어오르는 자욱한 연기가 그들의 코끝까지 올라왔다.

Mais ils n'avaient pas encore décidé s'ils allaient manger.

하지만 그들은 음식을 먹을지 말지 아직 결정하지 못했다.

Peut-être renverraient-ils le plat en cuisine.

아마 그들은 음식을 주방으로 돌려보낼 것입니다.

L'homme assis au milieu semblait être l'autorité.

가운데 앉아 있는 남자는 권위자처럼 보였다.

Il a coupé la viande pour déterminer si elle était suffisamment tendre.

그는 고기가 충분히 부드러운지 확인하기 위해 잘랐다.

Il était satisfait de l'odeur et de l'apparence des aliments.

그는 음식 냄새와 모양에 만족했다.

La mère et la sœur les observaient avec anxiété.

어머니와 누나는 불안한 마음으로 그들을 지켜보고 있었다.

Et ils commencèrent à sourire, poussant un soupir de soulagement accumulé.

그들은 쌓여왔던 안도의 한숨을 내쉬며 미소를 짓기 시작했다.

La famille allait elle-même manger dans la cuisine.

그 가족들은 직접 부엌에서 식사를 할 예정이었다.

Mais avant cela, le père alla voir comment allaient les locataires.

하지만 아버지는 먼저 하숙생들을 확인하러 갔다.

Il s'inclina une fois, tenant sa casquette de travail à la main.

그는 손에 직장에서 쓰던 모자를 든 채 한 번 고개를 숙였다.

Et il fit le tour de la table, saluant chaque invité.

그리고 그는 식탁 주위를 한 바퀴 돌며 손님 한 명 한 명에게 인사를 건넸습니다.

Les locataires se levèrent tous en marmonnant dans leur barbe.

하숙생들은 모두 일어서서 턱수염에 얼굴을 묻고 중얼거렸다.

Après son départ, ils mangèrent dans un silence presque complet.

그가 떠난 후 그들은 거의 완벽한 침묵 속에서 식사를 했다.

Gregor trouvait étrange d'entendre des bruits de mastication.

그레고르는 무언가를 씹는 소리가 들리는 것이 이상하게 느껴졌다.

Aucun autre aspect du repas ne semblait produire le moindre son.

식사의 다른 어떤 부분에서도 소리가 나지 않는 것 같았다.

Mais il pouvait distinctement entendre des dents grincer.

하지만 그는 이빨이 서로 갈리는 소리를 분명히 들을 수 있었다.

Ils semblaient lui dire qu'il avait besoin de dents pour manger.

그들은 마치 그에게 음식을 먹으려면 이빨이 필요하다고 말하는 것 같았다.

« On ne peut rien faire si on n'a plus de dents dans la mâchoire. »

"턱에 이빨이 없으면 아무것도 할 수 없어요."

« J'aimerais manger quelque chose », dit Gregor avec anxiété.

"뭐 좀 먹고 싶어요." 그레고르가 초조하게 말했다.

« Mais je n'ai aucun appétit pour ce que vous mangez tous. »

"하지만 저는 여러분이 드시는 음식은 전혀 먹고 싶지 않아요."

« Regardez ces locataires manger, et moi je meurs de faim. »

"저 하숙생들은 잘 먹는데, 나는 굶주리고 있군."

Ce soir-là, Gregor pensait justement au violon.

그날 저녁 그레고르는 우연히 바이올린에 대해 생각하게 되었다.

Il n'avait plus entendu le violon depuis la transformation.

그는 변신 이후로 바이올린 소리를 들어본 적이 없었다.

Mais ce soir-là, un bruit est venu de la cuisine.

그런데 오늘 저녁, 부엌에서 소리가 들렸습니다.

Les messieurs avaient déjà terminé leur repas du soir.

그 신사분들은 이미 저녁 식사를 마치셨습니다.

L'homme du milieu avait commencé à lire un journal.

가운데 계신 신사분이 신문을 읽기 시작하셨다.

Il avait donné une feuille à chacun des deux autres messieurs.

그는 다른 두 신사에게 각각 시트 한 장씩을 주었다.

Et maintenant, ils étaient affalés en arrière, en train de lire et de fumer.

이제 그들은 기대앉아 책을 읽고 담배를 피우고 있었다.

Lorsque le violon commença à jouer, ils devinrent attentifs.

바이올린 연주가 시작되자 그들은 귀를 기울이기 시작했다.

Ils se levèrent et marchèrent sur la pointe des pieds jusqu'à la porte de l'antichambre.

그들은 일어서서 발끝으로 살금살금 걸어 대기실 문으로 향했다.

Ils se tenaient là, blottis les uns contre les autres, écoutant à la porte.

그들은 문 앞에서 서로 몸을 웅크리고 서서 귀를 기울였다.

La famille a dû entendre les hommes qui étaient dans la cuisine.

가족들은 부엌에서 남자들의 소리를 들었을 것이다.

Car le père les appela et leur demanda :

아버지가 그들을 불러 물었기 때문입니다.

« Le violon ne serait-il pas inconfortable pour ces messieurs ? »

"바이올린 연주가 신사분들께 불편하시지는 않을까요?"

« Si la musique ne vous plaît pas, on peut s'arrêter immédiatement. »

"음악이 마음에 안 드시면 바로 멈출 수 있어요."

« Au contraire », dit celui du milieu des messieurs.

"오히려 그 반대입니다." 가운데 있던 신사가 말했다.

« La jeune fille aimerait-elle jouer du violon dans notre chambre ? »

"아가씨, 저희 방에서 바이올린 연주해 보시겠어요?"

« C'est nettement plus confortable et chaleureux ici. »

"여기가 훨씬 더 편안하고 아늑하네요."

Le père répondit comme s'il était lui-même le violoniste.

아버지는 마치 자신이 바이올린 연주자인 것처럼 대답했다.

« Oh, je vous en prie, ce serait merveilleux », s'écria le père.

"아, 제발, 그러면 정말 좋겠어요!" 아버지가 외쳤다.

Les messieurs retournèrent au salon et attendirent.

신사분들은 거실로 돌아가 기다리셨습니다.

Peu après, le père entra dans la pièce avec le pupitre.

곧 아버지가 악보대를 들고 방으로 들어왔다.

La mère entra dans la pièce avec le livre de musique.

어머니는 악보를 들고 방으로 들어왔다.

Et la sœur entra dans la pièce avec le violon.

그러자 여동생이 바이올린을 들고 방으로 들어왔다.

Elle a calmement tout préparé pour jouer du violon.

그녀는 차분하게 바이올린 연주에 필요한 모든 것을 준비했다.

Les parents exagéraient leur politesse et leurs bonnes manières.

부모들은 예의 바르고 공손한 태도를 과장했다.

Ils n'avaient jamais loué de chambres à des locataires auparavant.

그들은 이전에는 하숙생에게 방을 빌려준 적이 없었다.

Et ils n'osaient même pas s'asseoir sur leurs propres chaises.

그들은 자기네 의자에 앉는 것조차 감히 엄두도 내지 못했다.

Au lieu de s'asseoir, le père s'appuya contre la porte.

아버지는 앉는 대신 문에 기대섰다.

Sa main droite était coincée entre deux boutons de son manteau.

그의 오른손은 코트 단추 두 개 사이에 있었다.

Un monsieur a toutefois offert une chaise à la mère.

하지만 한 신사가 어머니에게 의자를 권했습니다.

Mais elle s'assit là où le monsieur avait placé la chaise.

하지만 그녀는 그 신사가 의자를 놓아둔 자리에 앉았습니다.

Et il n'avait pas placé la chaise à un endroit précis.

그리고 그는 의자를 특별히 아무 곳에나 놓아두지 않았다.

La mère s'assit donc à l'écart de tout le monde, dans un coin.

그래서 어머니는 다른 사람들과 떨어져 구석에 앉았습니다.

Et finalement, la sœur s'est mise à jouer du violon.

그리고 마침내 여동생이 바이올린을 연주하기 시작했습니다.

Les parents, placés de part et d'autre, suivaient attentivement.

양쪽에 앉은 부모들은 주의 깊게 지켜보았다.

Et ils observaient attentivement chacun des mouvements de sa main.

그들은 그녀의 손동작 하나하나를 주의 깊게 지켜보았다.

Gregor était également attiré par le jeu du violon.

그레고르는 바이올린 연주에도 매료되었다.

Et il s'aventura un peu plus loin hors de sa chambre.

그는 방에서 조금 더 밖으로 나갔다.

Il avait déjà la tête dans le salon.

그는 이미 머리를 거실 안으로 집어넣고 있었다.

Il était très fier d'être très attentionné.

그는 남을 배려하는 것을 매우 자랑스럽게 여겼습니다.

Mais récemment, il ne remettait guère en question son manque d'attention.

하지만 최근 그는 자신의 부주의함에 대해 거의 의문을 제기하지 않았다.

Même s'il avait maintenant plus de raisons de se cacher qu'auparavant.

그가 이전보다 숨어야 할 이유가 더 많아졌음에도 불구하고.

Parce que sa chambre était recouverte de poussière et de saletés diverses.

그의 방이 먼지와 온갖 때로 뒤덮여 있었기 때문입니다.

Le moindre mouvement soulevait toutes sortes d'immondices.

아주 작은 움직임에도 온갖 오물이 휘몰아쳤다.

Toute cette saleté lui collait à la peau : poussière, cheveux, restes de nourriture.

먼지, 머리카락, 음식물 찌꺼기 등 온갖 더러운 것들이 그의 몸에 달라붙었다.

Il aurait pu frotter la saleté contre le tapis.

그는 카펫에 문질러서 먼지를 털어낼 수도 있었을 것이다.

C'était quelque chose qu'il faisait plusieurs fois par jour.

그는 예전에 이런 일을 하루에도 여러 번 하곤 했다.

Mais son indifférence à tout était bien trop grande.

하지만 그는 모든 것에 대해 너무나 무관심했다.

Il n'avait donc pas peur d'aller un peu plus loin.

그래서 그는 조금 더 앞으로 나아가는 것을 두려워하지 않았습니다.

Et il s'est installé sur le sol impeccable du salon.

그리고 그는 거실의 깨끗한 바닥으로 발걸음을 옮겼다.

Cependant, personne ne l'a remarqué, ni ne lui a prêté attention.

하지만 아무도 그를 알아채지 못했고, 관심을 기울이지도 않았다.

La famille était complètement absorbée par le concert.

가족들은 콘서트에 완전히 몰입해 있었다.

Les messieurs, quant à eux, ont d'abord battu en retraite.

반면, 신사분들은 처음에는 물러섰습니다.

Et ils se tenaient tout près, derrière le pupitre de la sœur.

그들은 여동생의 악보대 바로 뒤에 서 있었다.

S'ils avaient regardé, ils auraient pu voir les notes de musique.

그들이 자세히 살펴보았더라면 악보를 볼 수 있었을 것이다.

Cela aurait évidemment perturbé la sœur.

물론 이는 여동생을 불안하게 했을 것이다.

Alors, au lieu de s'asseoir, ils restèrent debout près de la fenêtre.

그들은 앉는 대신 창가에 서 있었다.

Les mains dans les poches, ils continuaient à parler.

그들은 주머니에 손을 넣은 채 계속 이야기를 나눴다.

Ils restèrent là tandis que le père les observait avec anxiété.

그들은 그 자리에 머물렀고, 아버지는 불안한 표정으로
지켜보았다.

On avait l'impression qu'ils avaient d'autres attentes.

그들이 다른 기대를 갖고 있는 듯한 인상을 받았다.

Et il semblait vraiment qu'ils avaient été déçus.

그리고 그들은 정말 실망한 것 같았다.

Il semblait qu'ils en avaient assez du spectacle.

그들은 공연에 질린 것 같았다.

Ils avaient laissé le violon troubler leur tranquillité.

그들은 바이올린 소리가 자신들의 평화를 깨뜨리도록 내버려
두었다.

Et ils ne toléraient la musique que par politesse.

그들은 단지 예의상 그 음악을 참아냈을 뿐이었다.

**La façon dont ils ont dissipé la fumée était particulièrement
troublante.**

그들이 연기를 날려버리는 방식은 특히 섬뜩했다.

Et pourtant, elle jouait du violon avec une telle beauté.

그런데도 그녀는 바이올린을 너무나 아름답게 연주하고 있었다.

Son visage était légèrement incliné sur le côté, sur le violon.

그녀의 얼굴은 바이올린에 살짝 기울어져 있었다.

Son regard parcourait tristement les lignes de la musique.

그녀의 눈은 슬픈 표정으로 악보를 따라 더듬거리고 있었다.

Gregor se sentait un peu plus attiré par le salon.

그레고르는 거실에 더욱 끌리는 느낌을 받았다.

Il gardait la tête près du sol, mais regardait vers le haut.

그는 고개를 땅에 바짝 붙인 채였지만, 시선은 위로 향했다.

**Peut-être que de cette façon, le regard de sa sœur croiserait le
sien.**

어쩌면 이렇게 하면 여동생의 시선이 그의 눈과 마주칠지도
모른다.

Peut-on vraiment dire qu'il n'était qu'un animal ?

그를 단순히 동물에 불과했다고 정말로 말할 수 있을까요?

Était-il un animal si la musique pouvait le captiver à ce point ?

음악에 그토록 매료될 수 있다면 그는 짐승과 같은 존재일까?

Il avait l'impression qu'on lui montrait un chemin vers une nourriture inconnue.

그는 마치 알 수 없는 양분으로 향하는 길을 본 것 같은 느낌을 받았다.

C'était peut-être là le réconfort qui lui manquait.

어쩌면 이것이 그에게 부족했던 영양분이었을지도 모른다.

Il était déterminé à rejoindre sa sœur.

그는 여동생을 향해 나아가기로 결심했다.

Il avait envie de tirer sur sa jupe pour attirer son attention.

그는 그녀의 관심을 끌기 위해 치마를 잡아당기고 싶었다.

Il voulait lui faire comprendre qu'il l'invitait.

그는 그녀에게 초대한다는 뜻을 전하고 싶었다.

« Viens jouer du violon dans ma chambre », aurait-il voulu dire.

그는 "내 방에 와서 바이올린을 연주해 줘"라고 말하고 싶었다.

Il souhaitait qu'elle soit récompensée pour sa magnifique musique.

그는 그녀의 아름다운 음악에 대한 보상을 받기를 바랐다.

« Personne ici ne te récompense pour jouer du violon. »

"여기서는 아무도 당신이 바이올린을 연주한다고 보상해주지 않아요."

Il ne voulait plus la laisser sortir de sa chambre.

그는 더 이상 그녀를 방에서 내보내고 싶지 않았다.

Il voulait qu'elle reste avec lui aussi longtemps qu'il vivrait.

그는 자신이 살아있는 동안 그녀가 곁에 있어주기를 바랐다.

Pour la première fois, sa transformation eut un avantage.

그의 변화가 처음으로 긍정적인 결과를 가져왔다.

Sa difformité allait enfin lui être utile.

그의 기형적인 외모가 결국 그에게 유용하게 쓰이게 될 참이었다.

Il voulait être présent simultanément aux quatre portes.

그는 네 개의 문 모두에 동시에 서 있고 싶어했다.

Il avait envie de les siffler et de leur cracher dessus de tous les côtés.

그는 사방에서 그들에게 쉿쉿거리고 침을 뱉고 싶었다.

Sa sœur ne devrait pas être forcée de rester avec lui.

그의 여동생은 그와 함께 지내도록 강요받아서는 안 된다.

Il voulait qu'elle choisisse volontairement de rester avec lui.

그는 그녀가 자발적으로 자신과 함께 있기로 선택하기를 바랐다.

Elle allait s'asseoir à côté de lui et se pencher vers lui.

그녀는 그의 옆에 앉아 몸을 숙여 그에게 말을 걸려고 했다.

Et il allait lui parler de l'école de musique.

그리고 그는 그녀에게 음악학교에 대해 이야기해 줄 생각이었다.

Il avait la ferme intention de l'envoyer à l'académie.

그는 그녀를 사관학교에 보내겠다는 확고한 의지를 갖고 있었다.

Il en aurait parlé à tout le monde à Noël dernier.

그는 지난 크리스마스에 이 이야기를 모두에게 했을 거예요.

Noël était-il déjà passé ?

크리스마스가 벌써 또 지나갔나?

Et il n'aurait laissé personne le dissuader.

그리고 그는 누구도 자신을 말리도록 내버려 두지 않았을 것이다.

Mais un accident malheureux a tout arrêté.

하지만 불행한 사고로 모든 것이 중단되었습니다.

La sœur aurait été submergée par l'émotion.

여동생은 감정에 북받쳐 올랐을 것이다.

Et Gregor aurait alors grimpé jusqu'à son épaule.

그러면 그레고르는 그녀의 어깨 위로 올라갔을 것이다.

Et il l'aurait réconfortée en l'embrassant dans le cou.

그는 그녀의 목에 입맞춤하며 위로해 주었을 것이다.

« Monsieur Samsa ! » appela l'homme au milieu au père.

"삼사 씨!" 가운데 있던 남자가 아버지를 불렀다.

Il pointait Gregor du doigt.

그는 검지손가락으로 그레고르를 가리키고 있었다.

Gregor traversait lentement le salon.

그레고르는 거실 바닥을 천천히 가로질러 움직이고 있었다.

Le jeu du violon s'est très vite tu.

바이올린 연주는 순식간에 멈췄다.

Celui du milieu sourit à ses amis.

세 사람 중 가운데 있던 남자가 친구들에게 미소를 지었다.

Puis il secoua la tête et regarda Gregor.

그러고 나서 그는 고개를 저으며 그레고르를 다시 바라보았다.

Le père aurait pu forcer Gregor à retourner dans sa chambre.

아버지는 그레고르를 억지로 방으로 돌려보낼 수도 있었다.

Mais ce n'était pas la première action qu'il décida d'entreprendre.

하지만 그것이 그가 처음으로 결정한 행동은 아니었습니다.

Il estimait qu'il était plus important de calmer ces messieurs.

그는 신사분들을 진정시키는 것이 더 중요하다고 생각했습니다.

Bien qu'ils ne fussent pas vraiment contrariés par Gregor.

사실 그들은 그레고르 때문에 전혀 화가 난 것은 아니었다.

Gregor semblait plus divertissant que le jeu de violon.

그레고리는 바이올린 연주보다 더 재미있어 보였다.

Il s'est précipité vers eux, les bras tendus.

그는 두 팔을 벌린 채 그들에게 달려갔다.

Il faisait de son mieux pour leur cacher la vue de Gregor.

그는 그레고르에 대한 그들의 시각을 최대한 감추려고 애썼다.

Et il a essayé de les faire retourner dans leur chambre.

그리고 그는 그들이 방으로 돌아가도록 격려하려고

노력했습니다.

Au contraire, cela les a un peu agacés.

오히려 이것 때문에 그들은 약간 짜증이 났습니다.

Mais il était difficile de dire exactement ce qui les agaçait.

하지만 정확히 무엇이 그들을 화나게 했는지는 알기 어려웠다.

Le père gâchait le divertissement de la soirée.

아버지가 그날 밤의 즐거움을 망치고 있었다.

Mais ils venaient aussi d'apprendre l'existence de leur nouveau colocataire.

하지만 그들은 새 룸메이트에 대해서도 막 알게 된 참이었다.

Ils levèrent les mains comme l'avait fait leur père.

그들은 아버지가 했던 것처럼 손을 들었다.

Ils ont exigé une explication immédiate du père.

그들은 아버지에게 즉각적인 해명을 요구했다.

Ils tiraient nerveusement sur leur barbe, cherchant une réponse.

그들은 답을 기다리며 초조하게 수염을 잡아당겼다.

Et ils reculèrent jusqu'à leur chambre, mais très lentement.

그들은 아주 천천히 뒷걸음질쳐 방으로 돌아갔다.

L'interruption avait plongé la sœur dans une sorte de transe.

갑작스러운 방해로 여동생은 멍한 상태에 빠졌다.

Elle laissa pendre le violon et l'archet le long de son corps.

그녀는 바이올린과 활을 옆구리에 늘어뜨린 채였다.

Et elle regarda la partition comme si elle jouait encore.

그녀는 마치 연주가 계속되는 것처럼 악보를 바라보았다.

Mais soudain, elle est revenue dans la pièce.

그런데 그때 그녀는 갑자기 몸을 다시 방 안으로 끌어당겼다.

Et elle avait désormais surmonté le sentiment d'être perdue.

그리고 그녀는 이제 길을 잃었다는 느낌을 극복했다.

Elle a posé l'instrument de musique sur les genoux de sa mère.

그녀는 악기를 어머니의 무릎 위에 올려놓았다.

La mère était assise sur la chaise, respirant bruyamment.

어머니는 의자에 앉아 거친 숨을 몰아쉬고 있었다.

Et puis la sœur a dû courir dans la pièce voisine.

그러자 여동생은 옆방으로 뛰어 들어가야 했다.

Elle devait tout préparer pour les messieurs.

그녀는 신사분들을 위해 모든 것을 준비해야 했습니다.

Elle a jeté les couvertures et les coussins en l'air.

그녀는 담요와 쿠션을 공중으로 던졌다.

Et de ses mains expertes, elle a disposé toute la literie.

그녀는 능숙한 손길로 침구류를 모두 정리했습니다.

Elle avait terminé avant que les messieurs n'atteignent la pièce.

그녀는 신사분들이 방에 도착하기 전에 이미 일을 마쳤습니다.

Et elle s'est éclipsée avant de les gêner.

그리고 그녀는 그들이 막히기 전에 슬그머니 빠져나갔다.

Le père semblait prisonnier de son propre entêtement.

아버지는 자신의 고집에 사로잡힌 듯 보였다.

Et il oublia ainsi tout le respect qu'il devait à ses locataires.

그래서 그는 세입자들에게 마땅히 보여야 할 존중을 모두 잊어버렸다.

Il a insisté sans relâche jusqu'à ce que leur porte-parole s'y oppose.

그는 계속해서 압박했고, 결국 대변인이 반대할 때까지 멈추지 않았다.

Il a tapé du pied avec colère en arrivant à la porte.

그는 문 앞에 도착하자 화가 나서 발을 쿵쿵 굴렀다.

Et c'est ainsi qu'il immobilisa le père.

그리하여 그는 아버지를 멈춰 세웠다.

« Par la présente, je déclare », commença-t-il en s'adressant à son propriétaire.

"저는 이로써 선언합니다." 그는 집주인에게 말을 시작했다.

Et il leva la main, regardant toute la famille.

그는 손을 들어 온 가족을 바라보았다.

« En ce qui concerne l'état répugnant de la chambre ; »

"객실의 끔찍한 상태에 대해 말씀드리자면,"

Et il s'assurait que tous écoutaient ses paroles.

그리고 그는 모든 사람들이 자신의 말에 귀 기울이도록 했다.

« Par la présente, je vous informe que je vais libérer ma chambre. »

"본인은 이로써 제 방을 비워줄 것임을 통보합니다."

Et il a appuyé son propos en crachant par terre.

그리고 그는 땅에 침을 뱉으며 자신의 주장을 더욱 분명히

드러냈다.

« Je ne paierai pas non plus pour les jours que j'ai passés ici. »

"저는 제가 이곳에서 살았던 날들에 대한 비용을 지불하지 않을

것입니다."

Il n'était cependant pas entièrement satisfait de ce remboursement.

하지만 그는 이 환불에 완전히 만족하지 못했습니다.

« Et j'envisagerai de formuler d'autres demandes à votre encontre. »

"그리고 저는 당신에게 다른 요구 사항을 제시하는 것을 고려할

것입니다."

« Croyez-moi, de telles demandes seront très faciles à justifier. »

"제 말을 믿으세요, 그런 요구는 아주 쉽게 정당화될 겁니다."

Il resta silencieux et regarda droit devant lui, vers son père.

그는 아무 말도 하지 않고 아버지 쪽을 똑바로 바라보았다.

Il semblait s'attendre à ce qu'il se passe quelque chose de plus.

그는 뭔가 더 큰 일이 일어나기를 기대하는 듯 보였다.

En fait, ses deux amis ont immédiatement eu la même idée.

사실 그의 두 친구도 즉시 같은 생각을 했다.

« Nous annulons également nos réservations de chambres »,
ont-ils déclaré à l'unisson.

"저희도 객실 예약을 취소합니다." 그들이 한목소리로 말했다.

Il a alors saisi la poignée de la porte et l'a fermée.

그는 문손잡이를 잡고 문을 닫았다.

Et dans un grand fracas, ils s'enfermèrent dans leur chambre.

그리고 그들은 쾅 하는 소리를 내며 방 안으로 들어가 문을

닫았다.

**Le père s'est dirigé en titubant vers sa chaise, les mains
tâtonnantes.**

아버지는 더듬거리며 의자로 비틀거리며 다가갔다.

Et il se laissa tomber sur la chaise, vaincu.

그는 패배감을 느끼며 의자에 털썩 주저앉았다.

On aurait dit qu'il allait faire sa sieste habituelle du soir.

그는 평소처럼 저녁 낮잠을 자러 가는 것처럼 보였다.

**Mais sa tête hocha presque comme si elle n'était pas
soutenue.**

하지만 그의 머리는 마치 받쳐주는 것이 없는 것처럼 끄덕여졌다.

Et on pouvait voir qu'il ne dormait pas du tout.

그리고 그는 전혀 잠을 자지 않고 있는 것이 분명해 보였다.

Durant tout ce temps, Gregor n'avait pas bougé de sa place.

이 모든 과정 동안 그레고르는 그 자리에서 한시도 움직이지

않았다.

**Il était toujours là où les messieurs l'avaient aperçu pour la
première fois.**

그는 신사들이 처음 그를 봤던 바로 그 자리에 여전히 있었다.

Même s'il avait voulu déménager, il trouvait cela impossible.

그는 이사를 원했더라도 불가능하다는 것을 알게 되었다.

À cause de sa déception, ou à cause de sa faim.

실망감 때문인지, 아니면 배고픔 때문인지.

Il était déçu par l'échec de son plan.

그는 자신의 계획이 실패한 것에 실망했다.

Et il était affaibli par la faim persistante qu'il ressentait.

그는 오랫동안 지속된 굶주림으로 인해 쇠약해져 있었다.

Il était certain que tout le monde se retournerait contre lui à
tout moment.

그는 언제든 모든 사람들이 자신에게 등을 돌릴 것이라고

확신했다.

C'est avec cette certitude d'un effondrement imminent qu'il
attendit.

그는 임박한 붕괴를 예상하며 기다렸다.

Le violon commença à glisser des genoux de sa mère.

바이올린이 어머니의 무릎에서 미끄러져 내려가기 시작했다.

Dans un fracas retentissant, le violon tomba au sol.

굉음과 함께 바이올린이 땅에 떨어졌다.

Mais même ce bruit soudain et fracassant ne l'a pas surpris.

하지만 갑작스러운 충돌 소리조차 그를 놀라게 하지 못했다.

« Chers parents, dit la sœur, cela ne peut pas continuer. »

"부모님," 여동생이 말했다. "이대로는 안 돼요."

Et elle a frappé du poing sur la table pour appuyer ses
propos.

그녀는 자신의 주장을 강조하기 위해 테이블을 손으로 내리쳤다.

« Je ne prononcerai pas le nom de mon frère devant ce
monstre. »

"나는 이 괴물 앞에서 내 동생의 이름을 입에 담지 않겠다."

« C'est pourquoi je le dis aussi crûment que possible : »

"그래서 제가 최대한 직설적으로 말씀드리는 겁니다."

«Nous n'avons pas d'autre choix que de nous débarrasser de
cet animal.»

"우리는 이 동물을 없애버릴 수밖에 없어."

« Nous avons fait de notre mieux pour tolérer et prendre
soin de cet animal. »

"우리는 이 동물을 최대한 참아주고 돌보려고 노력했습니다."

« Je ne pense pas que quiconque puisse nous blâmer, même légèrement. »

"누구도 우리를 조금이라도 비난할 수 없을 거라고 생각해요."

« Elle a mille fois raison », a acquiescé le père.

"그녀 말이 천 번이고 만 번이고 맞습니다." 아버지가 동의했다.

La mère n'avait pas encore complètement repris son souffle.

어머니는 아직 숨을 완전히 고르지 못했다.

Elle se mit à tousser sourdement dans sa main, la respiration lourde.

그녀는 손으로 입을 가리고 힘겹게 기침을 하기 시작했고, 숨을 헐떡였다.

Et une expression de folie commença à apparaître dans ses yeux.

그러자 그녀의 눈에 광기 어린 표정이 나타나기 시작했다.

La sœur s'est précipitée vers sa mère et lui a pris le front.

여동생은 어머니에게 달려가 이마를 움켜쥐었다.

Les paroles de la sœur semblaient inspirer le père.

아버지는 여동생의 말에 감명을 받은 듯했다.

Et ses pensées semblaient plus claires qu'auparavant.

그의 생각은 이전보다 더 명확해 보였다.

Il cessa d'acquiescer et se redressa.

그는 고개를 끄덕이는 것을 멈추고 다시 똑바로 앉았다.

Et il jouait avec la casquette de son serviteur, plongé dans ses pensées.

그는 깊은 생각에 잠겨 하인의 므자를 만지작거렸다.

Les assiettes des locataires étaient encore sur la table.

세입자들이 쓰던 접시들이 여전히 테이블 위에 놓여 있었다.

Et il regardait parfois vers Gregor, qui restait silencieux.

그리고 그는 때때로 말없이 서 있는 그레고르를 바라보았다.

« Nous devons essayer de nous en débarrasser », lui dit sa sœur.

"우리는 그것을 없애도록 노력해야 해," 여동생이 그에게 말했다.

La mère était trop occupée à tousser pour écouter.

어머니는 기침하느라 정신이 없어서 듣지 못했다.

« Ça va vous tuer tous les deux, je le vois déjà venir. »

"그건 너희 둘 다 죽일 거야. 벌써부터 그렇게 될 게 보여."

«Nous ne pouvons pas tous continuer à travailler aussi dur que nous le faisons.»

"우리 모두가 지금처럼 열심히 일할 수는 없어요."

« Et chaque jour, nous devons rentrer chez nous et subir ce supplice. »

"그리고 우리는 매일 이 고문 속으로 돌아와야 합니다."

« Nous n'en pouvons plus. Je n'en peux plus. »

"더 이상 참을 수 없어요. 저는 더 이상 참을 수 없어요."

Elle s'est effondrée dans les bras de sa mère, en larmes une dernière fois.

그녀는 마지막으로 울음을 터뜨리며 어머니에게 달려갔다.

Les larmes coulèrent sur son visage et sur celui de sa mère.

그녀의 얼굴을 타고 눈물이 흘러내려 어머니의 얼굴에 떨어졌다.

Et elle essuya ses larmes d'un geste machinal.

그녀는 기계적인 동작으로 눈물을 닦아냈다.

« Mon enfant », dit le père d'une voix compatissante.

"내 아이야," 아버지가 애틋한 목소리로 말했다.

Il y avait une profonde sympathie et une grande compréhension dans sa voix.

그의 목소리에는 깊은 공감과 이해심이 담겨 있었다.

« Mais que devons-nous faire ? » avoua-t-il ne pas savoir.

"하지만 우리는 어떻게 해야 할까요?" 그는 모른다고 고백했다.

La sœur haussa simplement les épaules, impuissante.

여동생은 어쩔 수 없다는 듯 어깨를 으쓱했다.

Et sa confiance d'antan fit de nouveau place aux larmes.

그리고 그녀의 이전까지 보여줬던 자신감은 다시 눈물로
바뀌었다.

« Si seulement il nous comprenait », dit le père à voix haute.
"그가 우리를 이해해주기만 한다면..." 아버지가 큰 소리로
말했다.

Et il se demandait à moitié si Gregor avait compris.
그리고 그는 그레고르가 이해했을지 반쯤 의심했다.

La sœur lui a secoué la main violemment en pleurant.
여동생은 울면서 손을 격렬하게 흔들었다.

Elle a donc indiqué qu'il ne fallait pas envisager cette idée.
그래서 그녀는 그런 생각은 아예 하지 말아야 한다는 신호를
보냈다.

« Mais si seulement il nous comprenait », répéta le père.
"하지만 그가 우리를 이해해주기만 한다면 얼마나 좋을까요,"
아버지가 되풀이했다.

Les yeux fermés, il réfléchit à la réponse de sa sœur.
그는 눈을 감고 여동생의 대답을 곰곰이 생각했다.

« S'il comprenait qu'un accord pouvait être conclu avec lui. »
"그가 이해한다면 그와 합의가 이루어질 수 있을 것이다."

« Mais vu la situation actuelle... »
"하지만 세상이 이렇게 돌아가는 이상..."

«Il faut l'enlever,» s'écria la sœur, «c'est la seule solution.»
"꼭 없애야 해," 여동생이 외쳤다. "그게 유일한 방법이야."

«Il faut vous débarrasser de l'idée que c'est Gregor.»
"그 사람이 그레고르라는 생각을 버려야 해요."

« Notre véritable malheur, c'est d'y avoir cru si longtemps. »
"우리가 그것을 너무 오랫동안 믿었다는 것이야말로 우리의
진정한 불행이다."

**« Mais comment est-ce possible que ce soit Gregor ? »
demanda-t-elle à son père.**

"하지만 어떻게 그레고르일 수 있어요?" 그녀가 아버지에게 물었다.

« Il savait qu'un tel animal ne pouvait pas coexister avec les humains. »

"그는 그런 동물이 인간과 공존할 수 없다는 것을 알고 있었다."

« Gregor nous aurait quittés depuis longtemps, volontairement. »

"그레고르는 오래전에 자발적으로 우리 곁을 떠났을 겁니다."

« C'est vrai, nous n'aurions alors plus de frère. »

"맞아요, 그랬다면 우리는 형제가 없었겠죠."

« Mais nous pourrions continuer à vivre et à honorer sa mémoire. »

"하지만 우리는 계속해서 그의 기억을 기리고 살아갈 수 있습니다."

« Mais cette bête nous poursuit et chasse nos locataires. »

"하지만 이 짐승이 우리를 쫓아오고 우리 세입자들을 쫓아냅니다."

« De toute évidence, il veut s'emparer de tout l'appartement. »

"분명히 아파트 전체를 차지하려는 것 같네요."

« Cette bête veut nous faire dormir dans la rue. »

"이 짐승은 우리를 길거리에서 자게 만들려고 한다."

« Regarde, papa, » s'écria-t-elle soudain, « il bouge à nouveau ! »

"아빠, 보세요!" 그녀가 갑자기 소리쳤다. "또 움직여요!"

Et elle fit quelque chose que même Gregor ne put comprendre.

그리고 그녀는 그레고르조차 이해할 수 없는 일을 저질렀다.

Elle se repoussa, comme pour sacrifier sa mère.

그녀는 마치 어머니를 희생시키듯 몸을 밀쳐냈다.

Et elle a couru derrière son père pour trouver une sorte de sécurité.

그녀는 안전을 위해 아버지 뒤를 따라 달렸다.

Le père n'était agité que parce que sa fille l'était.

아버지가 동요한 것은 딸이 동요했기 때문이었다.

Mais lui aussi se leva et leva les bras au-dessus d'elle.

그러자 그도 일어서서 두 팔을 그녀 위로 들어 올렸다.

Mais Gregor n'avait aucune intention d'effrayer qui que ce soit.

하지만 그레고르는 누구를 겁주려는 의도가 전혀 없었다.

Il n'avait surtout aucune intention d'effrayer sa sœur.

그는 특히 여동생을 겁주려는 생각은 전혀 없었다.

Il essayait simplement de faire demi-tour pour retourner dans sa chambre.

그는 그저 자기 방으로 돌아가려고 했을 뿐이었다.

Mais, compte tenu de l'aggravation de son état, même cela devenait difficile.

하지만 그의 상태가 악화되면서 이마저도 어려웠다.

Et il ne pouvait plus se servir pleinement de ses jambes.

그리고 그는 더 이상 다리를 온전히 사용할 수 없게 되었습니다.

Il utilisa donc sa tête pour soulever son corps et se retourner.

그래서 그는 머리를 이용해 몸을 들어 올리고 몸을 돌렸다.

Il marqua une pause et chercha l'approbation de sa famille du regard.

그는 잠시 말을 멈추고 가족들의 승인을 구하듯 주위를

둘러보았다.

Il semble que sa bonne intention ait été reconnue.

그의 선의가 인정받은 것 같았다.

Son mouvement ne leur avait procuré qu'un choc momentané.

그의 움직임은 그들에게 순간적인 충격이었을 뿐이었다.

À présent, ils le regardaient tous en silence, visiblement malheureux.

이제 그들은 모두 슬픈 침묵 속에 그를 바라보고 있었다.

La mère était toujours allongée dans le fauteuil, épuisée.

어머니는 여전히 안락의자에 지쳐서 누워 있었다.

Le père et la sœur étaient assis l'un à côté de l'autre.

아버지와 여동생은 나란히 앉아 있었다.

« Peut-être qu'ils me laisseront faire demi-tour maintenant »,
pensa Gregor.

"이제 돌아서게 해 줄지도 몰라." 그레고르는 생각했다.

Et il continua à effectuer son mouvement de rotation
maladroit.

그는 어색하게 몸을 돌리는 동작을 계속했다.

Il ne pouvait réprimer les halètements occasionnels dus à
l'effort.

그는 힘든 시기에 간간이 터져 나오는 숨소리를 억누를 수 없었다.

Et il a été contraint de se reposer à plusieurs reprises entre-
temps.

그리고 그는 중간중간에 몇 번 휴식을 취해야 했습니다.

Plus personne ne le pressait ; c'était à lui de décider.

이제 아무도 그에게 서두르라고 재촉하지 않았다. 모든 것은 그의
몫이었다.

Finalement, il acheva ce virage lent et douloureux.

결국 그는 느리고 고통스러운 방향 전환을 완료했다.

Il se dirigea aussitôt vers sa chambre.

그는 곧바로 자기 방으로 곧장 걸어가기 시작했다.

Il était stupéfait de la distance qui le séparait de sa chambre.

그는 자기 방에서 얼마나 멀리 떨어져 있는지에 놀랐다.

Comment, malgré sa faiblesse, avait-il réussi à y parvenir
auparavant ?

그는 몸이 약한데도 불구하고 어떻게 전에는 거기에 도착했던
걸까?

Il avait emprunté presque le même chemin sans s'en
apercevoir.

그는 자신도 모르는 사이에 거의 같은 길을 걸어왔다.

Il se concentrait simplement sur le fait de ramper aussi vite qu'il le pouvait.

그는 이제 최대한 빨리 기어가는 데에만 집중했다.

L'absence de commentaires ne le dérangeait pas.

아무도 언급하지 않은 것은 그에게 전혀 문제가 되지 않았다.

Ce n'est que lorsqu'il fut déjà à l'intérieur qu'il tourna la tête.

그는 문 안으로 완전히 들어서고 나서야 고개를 돌렸다.

Mais il n'a pas pu se retourner complètement.

하지만 그는 완전히 뒤돌아볼 수는 없었다.

Car il sentit sa nuque se raidir encore davantage en se tournant.

그는 몸을 돌리자 목이 더욱 뻣뻣해지는 것을 느꼈다.

Mais il constata que rien n'avait changé derrière lui.

하지만 그는 뒤에서 아무것도 변하지 않았다는 것을 깨달았다.

La seule différence, c'est que sa sœur s'était levée.

유일한 차이점은 그의 여동생이 일어섰다는 것이었다.

Son dernier regard lui montra que sa mère s'était endormie.

그가 마지막으로 본 모습은 어머니가 잠들어 있는 것이었다.

Dès qu'il fut entré dans sa chambre, la porte fut fermée.

그가 방 안으로 들어가자마자 문이 닫혔다.

Et dès que la porte fut fermée, le verrouilla.

문이 닫히자마자 금고는 잠겼다.

Gregor fut effrayé par le bruit inattendu derrière lui.

그레고르는 뒤에서 들려오는 예상치 못한 소음에 깜짝 놀랐다.

Et ses jambes fléchirent sous lui, surprises par la soudaineté.

갑작스러운 놀라움에 그의 다리가 풀려 주저앉았다.

C'est sa sœur qui s'était précipitée vers la porte derrière lui.

그의 뒤를 따라 문으로 달려간 사람은 그의 여동생이었다.

Elle s'était déjà dressée, et l'attendait.

그녀는 이미 그곳에 똑바로 서서 그를 기다리고 있었다.

Elle fit alors un petit saut en avant sans que Gregor ne l'entende.

그녀는 그레고르가 듣지 못하도록 가볍게 앞으로 뛰어올랐다.

« Enfin ! » s'écria-t-elle en tournant la clé.

"드디어!" 그녀는 열쇠를 돌리며 큰 소리로 외쳤다.

« Et maintenant ? » se demanda Gregor, seul dans l'obscurité.

"이제 어떻게 하지?" 그레고르는 어둠 속에 홀로 서서 혼잣말을 했다.

Il s'aperçut bientôt qu'il ne pouvait plus bouger du tout.

그는 곧 자신이 더 이상 전혀 움직일 수 없다는 것을 깨달았다.

Mais son immobilité ne le surprenait pas vraiment.

하지만 그는 자신의 움직일 수 없는 상태에 그다지 놀라지 않았다.

Pouvoir se déplacer sur des jambes aussi fines semblait ridicule.

그렇게 가는 다리로 움직일 수 있다는 건 우스꽝스러워 보였다.

Il ne savait pas comment il avait pu y parvenir.

그는 자신이 어떻게 그 일을 해낼 수 있었는지 도무지 알 수 없었다.

Mais à part ça, il se sentait relativement à l'aise.

하지만 그 점을 제외하면 그는 비교적 편안함을 느꼈다.

Il est vrai qu'il ressentait une douleur intense dans tout le corps.

그가 온몸에 극심한 고통을 느꼈다는 것은 사실입니다.

Mais la douleur semblait s'atténuer de plus en plus.

하지만 통증은 점점 약해지는 것 같았다.

Et il avait l'impression que la douleur finirait par disparaître.

그리고 그는 그 고통이 결국 사라질 것이라고 느꼈습니다.

Il sentait à peine la pomme pourrie dans son dos.

그는 이제 등에 박힌 썩은 사과의 느낌을 거의 느끼지 못했다.

Il repensa à sa famille avec émotion et amour.

그는 감정과 애정을 담아 가족을 떠올렸다.

Il ressentait les émotions de sa sœur encore plus intensément qu'elle.

그는 여동생보다 훨씬 더 여동생의 감정을 느꼈다.

Elle avait raison ; il devait partir.

그녀의 말이 맞았다. 그는 떠나야만 했다.

Il passa quelque temps dans cet état désert et paisible.

그는 이 한적하고 평화로운 곳에서 얼마간 시간을 보냈습니다.

L'horloge sonna trois fois, doucement mais fermement.

시계는 조용하지만 단호하게 세 번 종을 울렸다.

Gregor fut doucement tiré de ses pensées.

그레고르는 생각에 잠겨 있던 상태에서 부드럽게 깨어났다.

Il regarda la lumière du matin pénétrer lentement dans sa chambre.

그는 아침 햇살이 천천히 방 안으로 들어오는 것을 지켜보았다.

Puis sa tête s'affaissa complètement, malgré lui.

그러자 그의 머리는 본인의 의지와 상관없이 완전히 아래로 푹 떨어졌다.

Et son dernier souffle s'échappa faiblement de ses narines.

그리고 그의 마지막 숨결이 콧구멍에서 힘없이 흘러나왔다.

La femme de chambre est entrée dans sa chambre tôt le matin.

하녀는 이른 아침에 그의 방으로 들어왔다.

Elle n'a rien trouvé d'inhabituel lors de sa courte visite habituelle.

그녀는 평소처럼 짧은 방문 동안 아무런 특이한 점도 발견하지 못했다.

À bout de forces et dans la précipitation, elle claqua toutes les portes.

힘도 없고 서두르느라 그녀는 모든 문을 쾅 닫아버렸다.

Il était impossible de dormir paisiblement dans tout l'appartement.

아파트 전체에서 편안한 잠을 잘 수 있는 사람은 아무도 없었다.

On lui avait demandé d'éviter de faire cela le matin.

그녀는 아침에는 이 행동을 하지 말아달라는 부탁을 받았다.

Elle pensait qu'il restait allongé là, immobile, exprès.

그녀는 그가 일부러 그렇게 미동도 없이 누워있는 거라고

생각했다.

Peut-être voulait-il lui montrer qu'il était offensé.

어쩌면 그는 그녀에게 자신이 불쾌했다는 것을 보여주고

싶었을지도 모른다.

Elle lui faisait confiance et pensait qu'il était doté d'une intelligence hors du commun.

그녀는 그가 온갖 지능을 갖추고 있을 거라고 믿었다.

Il se trouve qu'elle tenait le long balai à la main.

마침 그녀는 손에 긴 빗자루를 들고 있었다.

Alors, depuis la porte, elle essaya de chatouiller un peu Gregor.

그래서 그녀는 문 앞에서 그레고르를 살짝 간지럽혀 보려고 했다.

Elle était un peu agacée qu'il ne réponde pas du tout.

그가 전혀 답장을 하지 않아서 그녀는 약간 짜증이 났다.

Alors cette fois, elle le poussa un peu plus fermement.

그래서 그녀는 이번에는 좀 더 단호하게 그를 밀쳤다.

Comme il n'opposait aucune résistance, elle l'examina de plus près.

그가 아무런 저항도 보이지 않자 그녀는 더 자세히 살펴보았다.

Elle comprit rapidement ce qui était réellement arrivé à Gregor.

그녀는 곧 그레고르에게 실제로 무슨 일이 일어났는지 깨달았다.

Elle ouvrit davantage les yeux et siffla pour elle-même.

그녀는 눈을 더욱 크게 뜨고는 혼잣말로 휘파람을 불었다.

Mais elle n'a pas tardé à ouvrir la porte.

하지만 그녀는 문을 열기까지 시간을 낭비하지 않았다.

Et elle cria d'une voix forte dans l'obscurité :

그리고 그녀는 어둠 속으로 큰 소리로 외쳤습니다.

«Viens voir, il est là, complètement mort.»

"와서 한번 보세요, 저기 완전히 죽어 누워 있어요."

Les deux parents étaient assis bien droits dans leur lit conjugal.

두 부모는 부부 침대에 똑바로 앉아 있었다.

Il leur fallait d'abord surmonter le choc du bruit.

우선 그들은 소음의 충격을 극복해야 했습니다.

Mais peu à peu, ils ont commencé à comprendre son message.

하지만 그들은 서서히 그녀의 메시지를 이해하기 시작했습니다.

Monsieur et Madame Samsa ont chacun sauté de leur côté du lit.

삼사 씨 부부는 각각 침대에서 뛰어내렸습니다.

M. Samsa jeta l'épaisse couverture sur ses épaules.

삼사 씨는 두꺼운 담요를 어깨에 걸쳤다.

Et Mme Samsa sortit vêtue uniquement de sa chemise de nuit.

그러자 삼사 부인은 잠옷만 입은 채로 나왔다.

C'est ainsi qu'ils entrèrent dans la chambre de Gregor.

그렇게 그들은 그레고르의 방으로 들어갔다.

Entre-temps, la porte du salon s'était également ouverte.

그러는 사이 거실 문도 열려 있었다.

Grete y dormait depuis l'emménagement des locataires.

그레테는 세입자들이 이사 온 이후로 줄곧 그곳에서 잠을 잤다.

Elle était entièrement habillée comme si elle n'avait pas dormi du tout.

그녀는 마치 전혀 잠을 자지 않은 것처럼 옷을 완전히 차려입고 있었다.

Son visage pâle semblait également témoigner de son manque de sommeil.

그녀의 창백한 얼굴은 수면 부족을 여실히 보여주는 듯했다.

« Il est mort ? » demanda Mme Samsa en regardant la bonne.

"그가 죽었다고요?" 삼사 부인이 하녀를 바라보며 물었다.

Elle aurait pu le confirmer en le regardant elle-même.

그녀는 직접 그를 보면 이를 확인할 수 있었을 것이다.

« Je le crois », dit la bonne en ramassant le balai.

"그런 것 같아요." 하녀가 빗자루를 집어 들며 말했다.

Et elle a poussé son corps sur une longue distance à travers le sol.

그리고 그녀는 그의 몸을 바닥을 가로질러 한참 밀었다.

Mme Samsa fit un mouvement comme si elle voulait l'arrêter.

삼사 부인은 마치 그녀를 말리고 싶은 듯 동작을 취했다.

Mais finalement, elle a laissé la bonne faire glisser Gregor.

하지만 결국 그녀는 하녀가 그레고르를 이리저리 끌고 다니도록 내버려 두었다.

« Eh bien, » dit M. Samsa, « enfin nous pouvons remercier Dieu. »

"드디어 하나님께 감사드릴 수 있게 됐네요." 삼사 씨가 말했다.

Il fit le signe de croix : tête, poitrine, épaules.

그는 머리, 가슴, 어깨에 십자가 성호를 그었습니다.

Et les trois femmes suivirent son exemple religieux.

그리고 그 세 여성은 그의 종교적 모범을 따랐습니다.

Grete, qui ne quittait pas le cadavre des yeux, dit :

시체를 떼지 않고 있던 그레테는 이렇게 말했다.

«Regardez comme il est maigre, il n'a pas mangé depuis si longtemps.»

"봐, 얼마나 말랐는지. 오랫동안 아무것도 못 먹었나 봐."

« La nourriture que je lui laissais chaque matin restait toujours intacte. »

"제가 매일 아침 그에게 놓아둔 음식은 항상 손도 대지 않은 채 그대로였습니다."

En fait, le corps de Gregor était complètement plat et sec.

실제로 그레고르의 시신은 완전히 납작하고 말라 있었다.

C'était plus visible maintenant qu'il était au sol.

그가 땅에 쓰러지자 그 사실이 더욱 분명해졌다.

Parce que son corps n'était plus soutenu par ses jambes.

그의 몸이 더 이상 다리로 지탱되지 않았기 때문이다.

Et parce que rien d'autre ne venait distraire la vue.

그리고 시야를 가리는 다른 것이 아무것도 없었기 때문입니다.

«Viens avec nous un moment, Grete», dit Mme Samsa.

"그레테, 우리랑 같이 잠깐 들어오자." 삼사 부인이 말했다.

Un sourire douloureux se dessinait sur ses lèvres lorsqu'elle parlait.

그녀는 말하는 내내 입가에 고통스러운 미소를 띤 채였다.

Grete les suivit, mais jeta aussi un coup d'œil en arrière au cadavre.

그레테는 그들을 따라갔지만, 시체를 뒤돌아보기도 했다.

La bonne ferma la porte et ouvrit grand la fenêtre.

하녀는 문을 닫고 창문을 활짝 열었다.

Il était encore tôt, l'air était donc normalement froid.

아직 이른 시간이었기에 공기는 대개 차가웠다.

Mais il y avait aussi un mélange de chaleur dans l'air froid.

하지만 차가운 공기 속에는 따뜻함도 섞여 있었다.

Comme un doux rappel que c'était désormais la fin du mois de mars.

마치 3월 말이 되었다는 것을 부드럽게 일깨워주는 것 같았다.

Les trois locataires sortirent alors eux aussi de leur chambre.

세 명의 세입자도 이제 방에서 나왔다.

Ils cherchèrent leur petit-déjeuner avec étonnement.

그들은 아침 식사를 찾으려고 주위를 둘러보며 놀란 표정을 지었다.

Le petit-déjeuner a été oublié à cause de ce que la femme de chambre a trouvé.

하녀가 발견한 것 때문에 아침 식사는 잊어버렸다.

« Où est le petit-déjeuner ? » grommela l'homme du milieu.

"아침 식사는 어디 있죠?" 가운데 앉은 남자가 투덜거렸다.

La bonne porta son doigt à sa bouche pour demander le silence.

하녀는 조용히 하라는 뜻으로 손가락을 입술에 댔다.

Et elle salua les messieurs d'un geste rapide et silencieux.

그녀는 서둘러 조용히 신사들에게 손을 흔들었다.

La servante fit entrer les trois messieurs dans la pièce.

하녀는 세 신사를 방 안으로 안내했다.

Et elle a continué à leur expliquer ce qui s'était passé.

그리고 그녀는 그들에게 무슨 일이 있었는지 계속해서 설명했다.

Et les trois messieurs se tinrent autour du corps de Gregor.

그리고 세 신사는 그레고르의 시신 주위에 서 있었다.

Les mains dans les poches, ils baissèrent les yeux.

그들은 손을 주머니에 넣은 채 아래를 내려다보았다.

La lumière du matin inondait désormais complètement la pièce.

아침 햇살이 방 안을 가득 채웠다.

La porte de la chambre s'ouvrit alors et M. Samsa apparut.

그러자 침실 문이 열리고 삼사 씨가 나타났습니다.

D'un côté se trouvait sa femme, et de l'autre sa fille.

한쪽에는 그의 아내가, 다른 한쪽에는 그의 딸이 앉아 있었다.

M. Samsa portait déjà son uniforme.

삼사 씨는 이미 제복을 입고 있었다.

On pouvait voir qu'ils avaient tous un peu pleuré.

그들 모두가 조금씩 울었던 것이 분명해 보였다.

Grete pressa son visage contre le bras de son père.

그레테는 얼굴을 아버지의 팔에 바짝 붙였다.

« Quittez mon appartement immédiatement ! » ordonna M. Samsa.

"당장 내 아파트에서 나가!" 삼사- 씨가 명령했다.

Et il désigna la porte sans laisser partir les femmes.

그는 여자들을 보내주지 않고 문을 가리켰다.

« Que voulez-vous dire ? » demanda l'intermédiaire, déconcerté.

"무슨 말씀이세요?" 중간책이 당황하며 물었다.

Et il fit de son mieux pour sourire gentiment à M. Samsa.

그리고 그는 삼사 씨에게 최대한 상냥하게 미소 지으려고 노력했습니다.

Les deux autres tenaient leurs mains derrière leur dos.

나머지 두 사람은 손을 등 뒤로 하고 있었다.

Et ils se frottèrent les mains d'impatience.

그들은 기대감에 손을 비볐다.

Ils semblaient s'attendre à une violente dispute.

그들은 큰 싸움이 벌어질 것을 예상하는 듯했다.

Mais ils semblaient se réjouir de la dispute à venir.

하지만 그들은 다가오는 논쟁에 대해 기뻐하는 듯 보였다.

Ils pensaient que le litige tournerait à leur avantage.

그들은 분쟁에서 자신들이 유리할 것이라고 생각했다.

« Je maintiens exactement ce que je viens de dire », a répondu M. Samsa.

"제가 방금 말한 그대로의 의미입니다."라고 삼사 씨가 대답했다.

Il marchait en ligne droite avec ses deux compagnons.

그는 두 동행자와 함께 일직선으로 걸었다.

Et M. Samsa s'est adressé directement à leur responsable.

그리고 삼사 씨는 그들의 우두머리에게 직접 다가갔습니다.

Le monsieur resta d'abord immobile, le regard fixé au sol.

그 신사는 처음에는 가만히 서서 땅을 바라보았습니다.

Le contenu de sa tête était encore en train de se réorganiser.

그의 머릿속은 여전히 정리되고 있었다.

« Très bien, nous y allons », dit-il en levant les yeux vers M. Samsa.

"좋아요, 가죠." 그는 말하며 삼사 씨를 올려다보았다.

Une nouvelle humilité semblait l'avoir soudainement envahi.

그에게 갑자기 새로운 겸손함이 찾아온 듯했다.

Et il semblait demander la permission pour cette décision.

그리고 그는 마치 이 결정에 대한 허락을 구하는 듯 보였다.

M. Samsa ouvrit grand les yeux et hocha légèrement la tête.

삼사 씨는 눈을 크게 뜨고 고개를 살짝 끄덕였습니다.

Les messieurs obéirent immédiatement à son ordre.

그 신사분들은 즉시 그의 명령에 따랐습니다.

Et ils ont effectivement fait de longues enjambées dans le couloir.

그리고 그들은 실제로 복도로 성큼성큼 걸어 들어갔다.

Ses amis avaient déjà cessé de se frotter les mains.

그의 친구들은 이미 손을 비비는 것을 멈췄다.

Ils avaient écouté le déroulement de la conversation.

그들은 대화가 어떻게 진행되는지 듣고 있었다.

Et maintenant, ils couraient après lui, comme pris de peur.

그들은 마치 두려움에 떨듯 그를 뒤쫓아 달려갔다.

M. Samsa pourrait encore les isoler de leur chef.

삼사 씨는 여전히 그들을 지도자로부터 고립시킬 수도 있습니다.

Ils ont sorti leurs bâtons du récipient.

그들은 막대기 통에서 막대기를 꺼냈다.

Et ils s'inclinèrent en silence avant de quitter l'appartement.

그들은 아파트를 나서기 전에 말없이 고개를 숙였다.

M. Samsa et les deux femmes sortirent sur le parvis.

삼사 씨와 두 여성은 앞마당에서 나왔습니다.

Mais en réalité, ils n'avaient aucune raison de se méfier de ces hommes.

하지만 사실 그들이 그 남자들을 불신할 이유는 전혀 없었다.

Ils s'appuyèrent sur la rambarde pour vérifier s'ils étaient partis.

그들은 그들이 갔는지 확인하기 위해 난간에 기대섰다.

Les trois messieurs descendaient effectivement les escaliers.

세 신사분들은 실제로 계단을 내려가고 계셨습니다.

Ils disparurent dans un virage de l'escalier.

계단의 어느 굽은 곳에서 그들은 사라졌다.

Puis l'escalier les ramena à la vue.

그러다가 계단을 통해 그들이 다시 시야에 들어왔다.

Ce phénomène d'apparition et de disparition se répétait à chaque étage.

이렇게 나타났다 사라지는 현상이 각 층마다 반복되었습니다.

Mais finalement, ils étaient presque arrivés au fond.

하지만 결국 그들은 거의 바닥에 도달했습니다.

Plus ils avançaient, moins ils étaient intéressants.

그들이 멀리 갈수록 점점 더 흥미를 잃어갔다.

Tout le monde est rentré à la maison, comme soulagé.

모두들 안도한 듯 집으로 돌아갔다.

Ils décidèrent de profiter de la journée pour se reposer et aller se promener.

그들은 휴식을 취하고 산책을 나가는 데 하루를 쓰기로 했다.

Ils estimaient avoir mérité cette pause dans leur travail.

그들은 자신들이 일에서 벗어나 휴식을 취할 자격이 있다고 생각했다.

Non seulement ils méritaient cette pause, mais ils en avaient besoin.

그들은 이 휴식을 누릴 자격이 있었을 뿐만 아니라, 절실히
필요했습니다.

Ils s'assirent à table pour écrire des lettres d'excuses.

그들은 사과 편지를 쓰기 위해 테이블에 앉았다.

M. Samsa a adressé une lettre d'excuses à sa direction.

삼사 씨는 회사 경영진에게 사과 편지를 썼습니다.

Mme Samsa a écrit sa lettre d'excuses à ses clients.

삼사 여사는 고객들에게 사과 편지를 썼습니다.

Et Grete a écrit sa lettre d'excuses à son directeur.

그리고 그레테는 교장 선생님께 사과 편지를 썼습니다.

Pendant qu'ils écrivaient tous, la bonne entra dans la pièce.

그들이 모두 글을 쓰고 있는 동안 하녀가 방으로 들어왔다.

**Son travail du matin était terminé, elle rentrait donc chez
elle.**

그녀는 오전 업무를 마쳤기 때문에 집으로 가고 있었다.

**Les trois écrivains hochèrent d'abord la tête, sans lever les
yeux.**

세 명의 작가는 처음에는 고개를 들지 않고 고개만 끄덕였다.

Mais la bonne ne semblait pas encore vouloir partir.

하지만 하녀는 아직 떠나고 싶지 않은 것 같았다.

**Elle attendit un peu, jusqu'à ce que les trois écrivains lèvent
les yeux.**

그녀는 세 명의 작가가 고개를 들 때까지 잠시 기다렸다.

**« Eh bien ? » demanda M. Samsa, en colère, comme l'étaient
les autres.**

"그래서요?" 삼사 씨는 다른 사람들처럼 화가 난 목소리로 물었다.

La bonne se tenait sur le seuil, un sourire aux lèvres.

하녀는 얼굴에 미소를 띤 채 문간에 서 있었다.

**Elle donnait l'impression d'avoir de bonnes nouvelles à
annoncer.**

그녀는 마치 좋은 소식을 전할 것처럼 보였다.

Mais elle n'allait pas partager la nouvelle à moins qu'on ne le lui demande.

하지만 그녀는 요청받지 않는 한 그 소식을 전하지 않을 생각이었다.

La plume d'autruche dressée sur son chapeau oscillait légèrement.

그녀의 모자에 꽂힌 타조 깃털이 살짝 흔들렸다.

Cette plume d'autruche avait toujours agacé M. Samsa.

그 타조 깃털은 삼사 씨를 늘 거슬리게 했다.

« Alors, que voulez-vous ? » demanda Mme Samsa, d'un ton ferme.

"그래서, 당신이 원하는 게 뭐죠?" 삼사 부인이 단호하게 물었다.

La bonne avait encore beaucoup de respect pour Mme Samsa.

하녀는 여전히 삼사 부인을 매우 존경했다.

« Oui », répondit-elle, et elle éclata d'un rire amical.

"네," 그녀는 대답하며 정겹게 웃었다.

Un instant, son rire l'empêcha de parler.

그녀는 웃음 때문에 잠시 말을 멈췄다.

« Tu n'as pas à t'inquiéter pour ce qui se passe chez le voisin. »

"옆집 일은 걱정하지 않으셔도 돼요."

« J'ai déjà prévu comment nous allons nous en débarrasser. »

"이미 어떻게 처리할지 계획을 세워뒀어요."

Mme Samsa et Grete continuèrent à écrire leurs lettres.

삼사 부인과 그레테는 계속해서 편지를 썼다.

Mais M. Samsa remarqua que la bonne n'avait pas encore terminé.

하지만 삼사 씨는 하녀의 일이 아직 끝나지 않았다는 것을 알아챘습니다.

Elle voulait maintenant tout décrire plus en détail.

이제 그녀는 모든 것을 더 자세히 설명하고 싶어 했다.

Mais il tendit la main pour repousser ses avances.

하지만 그는 그녀의 노력을 거부하듯 손을 내밀었다.

Elle s'est rendu compte qu'ils n'étaient pas intéressés par ses projets.

그녀는 그들이 자신의 계획에 관심이 없다는 것을 깨달았다.

Et puis elle se souvint de la grande précipitation dans laquelle elle avait été.

그러고 나서 그녀는 자신이 얼마나 서둘렀는지 기억해냈다.

« Ciao alors », dit-elle, insultée par ce manque d'intérêt.

"그럼 안녕히 계세요." 그녀는 무관심한 태도에 기분이 상한 듯 말했다.

Mais avant de partir, elle a claqué la porte très fort.

하지만 그녀는 떠나기 전에 문을 몹시 세게 닫았다.

« Elle sera licenciée ce soir », a déclaré M. Samsa.

"그녀는 저녁에 해고될 겁니다."라고 삼사 씨가 말했다.

Mais sa femme et sa fille étaient trop occupées pour lui répondre.

하지만 그의 아내와 딸은 너무 바빠서 대답할 시간이 없었다.

Parce que la bonne avait troublé leur paix nouvellement acquise.

하녀가 그들이 어렵게 얻은 평화를 방해했기 때문이다.

La mère et la fille se levèrent pour aller à la fenêtre.

어머니와 딸은 창가로 가려고 일어섰다.

Et, enlacés, ils restèrent là.

그들은 서로 팔짱을 낀 채 그 자리에 머물렀다.

M. Samsa se tourna sur sa chaise pour les regarder.

삼사 씨는 의자에서 몸을 돌려 그들을 바라보았다.

Et pendant un moment, il les observa en silence, immobiles là.

그는 한동안 그들이 그곳에 서 있는 모습을 조용히 지켜보았다.

Finalement, il leur cria : « Viendrez-vous à moi ? »

마침내 그는 그들에게 "내게로 오겠느냐?"라고 외쳤다.

«Oublions tout ça, d'accord ?»
"옛날 일은 다 잊어버리자."
«Viens à moi et accorde-moi un peu d'attention.»
"이리 와서 내게 잠깐 관심을 가져주시오."
Les deux femmes firent ce qu'il leur avait dit et se précipitèrent vers lui.
두 여자는 그의 말대로 그에게 달려갔다.
Ils lui ont fait une accolade affectueuse et l'ont embrassé.
그들은 그에게 다정한 포옹을 해주고 입맞춤을 했다.
Ils retournèrent rapidement pour terminer la rédaction de leurs lettres.
그들은 서둘러 돌아가서 편지를 마저 썼다.
Puis, tous les trois, ils quittèrent l'appartement ensemble.
그러자 세 사람은 함께 아파트를 나섰다.
Ils n'étaient pas sortis ensemble depuis des mois.
그들은 몇 달 동안 함께 집 밖으로 나간 적이 없었다.
Et ils prirent le tramway jusqu'à la périphérie de la ville.
그들은 전차를 타고 도시 외곽으로 갔다.
Ils avaient toute la rame du tramway pour eux seuls.
그들은 전차의 객차 전체를 독차지했다.
La lumière du soleil inondait la pièce par la fenêtre.
바깥에서 햇살이 창문을 통해 쏟아져 들어왔다.
La famille se cala confortablement dans ses sièges.
가족들은 좌석에 편안하게 기대앉았다.
Et ils ont discuté de leurs perspectives d'avenir.
그리고 그들은 자신들의 미래 전망에 대해 논의했습니다.
À y regarder de plus près, leurs perspectives n'étaient pas mauvaises.
자세히 살펴보니 그들의 전망은 나쁘지 않았다.
Tous les trois occupaient des emplois qui leur permettraient de gagner davantage.

세 사람 모두 더 많은 수입을 올릴 수 있는 잠재력이 있는 직업을
가지고 있었습니다.

**Ils ne s'étaient jamais interrogés l'un sur l'autre concernant
leur travail.**

그들은 서로의 일에 대해 한 번도 물어본 적이 없었다.

**Mais maintenant, ils avaient enfin le temps de discuter de
ces choses-là.**

하지만 이제 그들은 마침내 그런 이야기를 나눌 시간을 갖게
되었다.

**Ils avaient également la possibilité de déménager dans un
appartement plus petit.**

그들에게는 더 작은 아파트로 이사할 수 있는 선택권도
있었습니다.

Cela aurait le plus grand impact sur leur vie.

이것이 그들의 삶에 가장 큰 영향을 미칠 것입니다.

Leur appartement actuel avait été choisi par Gregor.

그들이 현재 살고 있는 아파트는 그레고르가 직접 골랐다.

**Mais maintenant, ils pourraient déménager dans un endroit
plus abordable.**

하지만 이제 그들은 좀 더 저렴한 곳으로 이사할 수 있게
되었습니다.

**Un appartement plus petit, mais dans un endroit plus
pratique.**

더 작은 아파트지만, 훨씬 실용적인 곳이에요.

Parler de l'avenir a redonné vie à Grete.

미래에 대한 이야기를 나누자 그레테는 다시 활기를 되찾았다.

**Monsieur et Madame Samsa ont également remarqué
d'autres changements chez elle.**

삼사 부부는 그녀에게서 다른 변화들도 알아차렸습니다.

Ses joues étaient devenues pâles à cause de tous ses soucis.

그녀는 온갖 걱정 때문에 뺨이 창백해졌다.

Mais à présent, leur fille s'épanouissait et devenait une femme remarquable.

하지만 이제 그들의 딸은 훌륭한 숙녀로 성장하고 있었다.

C'était vraiment une belle et jolie jeune femme, maintenant.

그녀는 이제 정말 몸매도 좋고 아름다운 젊은 여성이 되었다.

Ses parents se turent et admirèrent leur fille.

그녀의 부모는 말없이 딸을 바라보았다.

Ils échangèrent un regard, communiquant inconsciemment.

그들은 서로를 힐끗 쳐다보며 무의식적으로 소통했다.

« Il sera bientôt temps de lui trouver un homme bien. »

"곧 그녀에게 어울리는 좋은 남자를 찾아줄 때가 될 거예요."

Le tramway était arrivé à destination et avait ralenti.

전차가 목적지에 도착해서 속도를 줄였다.

Leur fille semblait confirmer leurs nouveaux rêves.

딸아이는 그들의 새로운 꿈을 확인시켜주는 듯했다.

Elle fut la première à se lever et à étirer son jeune corps.

그녀는 제일 먼저 일어나 젊은 몸을 쭉 뻗었다.